命育む学校

子どもに惚《ほ》れる──PART2

島本恭介

てらいんく

命育む学校

子どもに惚《ほ》れる――PART2

まえがき

私は、平成3年3月31日、中村養護学校長の辞令を受け取った。辞令を受け取るときに、何ゆえ特殊学級の経験も養護学校の経験もない私に中村養護学校の辞令が出たのか不思議だった。

中村養護学校は、昭和57年に開校した小学部、中学部がある肢体不自由養護学校である。昭和54年、文部省から出された養護学校設置義務化にともない、全国で初めて重度で重複した障害を有する子どもたちのために開かれた学校なのである。

昭和57年中村養護学校をかわきりに、昭和58年新治養護学校、59年大綱養護学校、60年東俣野養護学校が誕生している。それまでは、重度重複障害児の多くは就学免除の措置を受けて自宅にいたり、市内にある他の養護学校に通ったり、訪問指導を受けたりしていた。

四校とも児童生徒数が30人前後であり、親しみを込めてミニ養護と呼ばれていた。他府県でも重度重複の障害を有する子どもたちのための養護学校はあることはある。しかし、横浜と違い、病弱の養護学校であり病院と併設されている。だから、病院に入院して隣接している養護学校に通う院内学級なのである。ところが、横浜のミニ四校は肢体不自由養護学校に属しており、子どもたちは毎日自宅からスクールバスで通うのである。さらに四校とも小学校と隣接して建てられており、小学校とは自由に出入りできるのである。

私が赴任したときは小学部24名、中学部9名合計33名であり、そのうちの4名は訪問指導対象の子どもであった。重度重複の障害を有するため、ほとんどの子が自力歩行できなかったし、言葉を発する子もわずかしかいなかった。また、食べ物を飲み下す（嚥下）力が弱いため、鼻から胃に管を入れ、その管によって栄養を取る子が12名いた。その他の子どもたちも中村小学校で作った給食を細かく刻んだり、ミキサーにかけてどろどろにするなど、食形態を工夫しなければならない子も多かった。体温調節がうまくできない子が多く、体温に特に気を配る必要があった。抵抗力が弱いため、風邪をひくと長引いたり肺炎を起こすこともあった。

そんな中、私の恐れていたことが起きた。4月26日にたった一人の新一年生の子が亡くなったのだ。この子の死は私に決定的な打撃を与えた。もっと専門的な知識を身につけなければという焦りが私をとりこにした。死ととなり合わせの中で行われるぎりぎりの教育は私にとっては過酷なものにうつった。

そんな私を救ってくれたのは障害の重いお子さんを持つ一人のお母さんの言葉だった。

「先生、うちの子どもたちは何にもできないと思っているでしょう。それは大きな間違いです。うちの子は、スプーンで食べ物を口に持っていってやりさえすれば、後は自分で全部やります。食べたものを消化して血や肉にするのは全部自分でやるのです。もちろん排泄したものを処理するのは介助が必要です。でも、大切なところは自分でやっているのです」

このお母さんの言葉はまさに目からうろこだった。

何の知識も持たない新米の校長を、子どもたちはいつも温かく迎え入れてくれた。青い湖を思わせる透き通った瞳に私はいつも引き込まれた。とろけるようなすてきな笑顔は私の心をなごませてくれた。時間の許すかぎり私は大好きな子どもたちと過ごした。

――中村養護学校の時間はゆっくり流れていった。

そのゆっくりした時間の流れの中で、子どもたちは懸命に生きるための勉強をした。まさに「命育む学校」だった。

時間がたつにつれて何ゆえ私が養護学校に来たのかやっと分かった。中村養護学校の子どもたちが私を呼んでくれたのだ。「私たちのことを知ってほしい。そして、それをみんなに知らせてほしい」……そう言う声が聞こえてきた。

一九八一年から一九九一まで十年にわたる国連の国際障害者年の取り組みが行われた。その取り組みでいくらか障害者理解が進んだとはいえ、障害者差別はあとを絶たないということに私は驚いた。

「無知は偏見を生み、偏見は差別を生む」……この本を通して、私が愛した重度で重複した障害を有する子どもたちや、その子を支える家族のかたの思いを知ってほしいと切に願う。そして、この本が障害児理解の一助となればうれしい。「子どもに惚れるＰＡＲＴ１」と併せて読んでほしい。

平成十五年二月十日

目次

装画　武井武雄
挿画　古海万智子

序章　重度重複障害児学校赴任

転勤が決まる

平成3年、3月22日。日ざしは春を思わせるのだが、吹きつける風はまだ冷たかった。瀬ヶ崎小学校の運動場に子どもたちの元気な声がこだましている。中休みを告げるチャイムがさっき鳴ったばかりだ。三々五々運動場に子どもたちが集まってきて、思い思いの遊びが始まる。ドッジボールに興じる子、縄跳びに息をはずませている子、鬼ごっこで奇声を上げながら運動場を走り回る子、サッカーに夢中になっている子などさまざまである。運動場の回りでは低学年の子が雲梯《うんてい》やジャングルジムで遊んでいる。中休みは20分間だが、子どもたちがいちばん楽しみにしている時間である。

瀬ヶ崎小学校の副校長の島村栄治は、中休みはよく運動場に出て遊びの様子を見回った。その日は三年生の子どもたちに誘われて、ドッジボールに加わっていた。大将格の男の子が、

「しまもっち！　行くぞ！」

と威勢のいいかけ声と共に、強烈なボールを栄治目がけて投げつけた。栄治はその男の子が投げたボールを余裕を持ってがっちり受け止めた。

「副校長先生、すごい！」

味方のチームから声がかかり、拍手が起きる。そのとき、電話番を依頼していた事務の田岡先生が、

「副校長先生、お楽しみのところすみませんが、校長先生から電話が入っています」

と呼びに来た。

「わかりました。すぐ行きます」

そう言うと、ボールを味方に渡し、職員室に急いだ。いよいよ自分の転任先が決まると思うと、栄治は動悸が激しくなった。


それは一週間前の3月15日のことだった。瀬ヶ崎小学校の武藤校長のもとに、教育委員会からの一通の親展文書が届いた。「管理職の異動のことで連絡したいことがあるので、3月22日に教育委員会に出向くように」という通知であった。栄治は、この異動は自分に関する異動であることを確信した。なぜなら、横浜市では管理職は通常二、三年で異動しており、武藤校長は昨年着任したばかりで自分は三年たっていたからである。

3月22日の朝、内示を受けに武藤校長が教育委員会に出かけるとき、玄関先まで送りに出た栄治に、

「島村先生の昇任の話だといいね。なんだか私にはそんな予感がするんだけど」

と言った。

「そんなことはありえませんよ。だって、私は副校長としてまだ一校しか経験していません。だから、きっと他の学校への横異動の話だと思いますよ」

と栄治は武藤校長の話を自信をもって否定した。しかし、内心、そうなったらどんなにいいだろうと淡い期待は抱いていた。というのも、最近栄治は副校長の仕事に少々嫌気がさしていたところだった。

副校長の仕事は、だれよりも早く学校に出勤することから始まる。そして、校舎内外を見回り、安全点検をしたり、ゴミを拾ったりする。それが片づいて職員室に戻る。すると、息つく暇がないくらい外部からの電話の応対が始まる。その多くが子どもの欠席の連絡だ。それが一段落すると、学校の中の種々雑多な苦情やトラブルの処理が始まる。時には、自転車に乗って、銀行に出かけたり、印刷物を町内会長さんなど地域のかたに配って回ることもある。ＰＴＡ関係の人も委員会ごとに毎

日のように会を持つので、会場を用意したり相談にのったりしなければならない。その合間を縫うようにして給食費の出納や教育委員会への提出文書などを処理する。だから、どうしても帰りはいちばん遅くなってしまう。一年目はわけもわからぬまま学校の中を無我夢中で駆けずり回る毎日だった。二年、三年とたつにしたがい、学校にも仕事にもなれ、考えるゆとりが生まれた。すると、教育本来の仕事とは程遠い雑務に多くの時間をとられることに疑問もわいてきた。

たまにぼんやりする時間があると、栄治は自分が校長になったときのことをよく空想した。栄治は本当の意味で子どもたちが主役になれる開かれた学校を創りたいという夢をずっと前から持っていた。今の学校でも、子どもの主体性を育てるための試みはなされている。しかし、まだまだ学校というところは閉鎖的な面が多く、もっと抜本的に学校を改革しなければならないことを最近痛切に感じ始めていた。だから、学校経営のキーワードを「つなぐ」にしようと思っていた。学校と子どもを「つなぐ」には、魅力のある学校でなければならない。運動会や学芸会という名称でなく、スポーツフェスタ、子どもフェスタ、アートフェスタなどに名称を変え、子どもたちのアイディアを最大限生かしたイベントにしていこうと思っていた。子どもと子どもをつなぐという面では、縦割りの活動を活発にすることを考えた。時間と時間をつなぐということから、45分という授業時間の枠をもっと弾力的にするために15分単位のモジュールで考え、学校をノーチャイム制にしようと考えた。空間と空間をつなぐという面では、地域全体を教室と考え、地域の人材の活用などを積極的に進めようと考えた。このように「つなぐ」をキーワードに開かれた学校づくりのための青写真も、栄治の頭の中ではかなりできていた。校長に昇任した暁にはぜひこのプランを実行してみたいと考えていた。

運動場から戻った栄治は受話器を取り、

「お待たせしてすみません。電話かわりました。島村です」

と言うと、

「あ、島村先生？　吉報だよ。やっぱり僕の予感は当たったよ。校長昇任だよ、中村養護学校のね。おめでとう！」

と武藤校長の弾んだ声が栄治の耳にとびこんできた。

「えっ、ほんとですか。養護学校の校長なんですか」

栄治は自分の耳を疑って思わず聞き返した。

「そうだよ。間違いなく中村養護学校の校長だよ。詳しいことは学校に帰ってから話すよ」

そう言って武藤校長の電話は切れた。受話器を置いた栄治の手が小さく震えた。うれしいという感情はわいてこず、果たして養護学校の校長が勤まるだろうかという不安が栄治を襲っていた。休み時間の終わりを告げるチャイムが鳴り響いた。職員室前に咲いているさざんかの花が風にあおられて寒そうに小刻みに震えていた。


栄治は教育委員会に提出する事務を広げて取りかかろうとした。しかし、いろいろな思いが交錯して仕事が手につかなかった。

栄治に昇任という淡い期待はあったが、校長昇任は絶対ないと思っていた。まだ一、二校ほかの学校の副校長を経験してからだとばかり思っていた。ましてや、転任先が養護学校ということは考えもしなかった。まさに青天の霹靂《へきれき》という感じだった。通常の学校から養護学校の校長になる例はままあるが、その人たちの多くが特殊教育に造詣の深い人だった。養護学校の経験も特殊学級の経験もない自分に養護学校の校長の辞令が出たのが不思議だった。「何ゆえ、養護学校の校長に任命されたのか」という疑問が頭をもたげ、それが瞬く間に全身に広がり、金縛りにあったように身動きが取れなくなっている自分を感じていた。

栄治は図書室にかかっているカレンダーの一枚の絵がふいに頭に浮かんだ。急いで図書室に行き、じっとその絵を見つめた。そのカレンダーは宮城まり子さんが経営するねむの木学園の子どもが描いた絵だった。3月の絵のタイトルは「花畑で遊ぶ」だった。草丈が子どもたちより高い草原に、今まで見たこともない珍しい大きな花が咲き乱れている。その花はどれも、子どもたちの背より草丈が高かった。その花畑で、一人の少女がハスの花に似た大きな葉っぱに乗って遊んでいる絵なのである。露が葉のあちこちに光り、その間を縫って女の子が滑っている。普通の子では考えつかない大胆な構図や鮮やかな色使いが幻想的な雰囲気をかもしだしている。栄治は言いようのない感動を覚えた。

その絵を見ているうちに、ずっと前に聞いた宮城まり子さんの講演を栄治は思い出していた。宮城さんは障害のある子の純真さに日々心を打たれることや、障害者に何かしてやろうと考えるのでなく、私たちが何を学ぶかが大事だということを熱っぽく語られていた。

「そうだ、これから障害児教育についてうんと勉強していこう。そして、ねむの木学園の宮城まり子さんのようなすばらしい学校経営をしていこう」

と思うと、栄治の心に一筋の光が差し込んだ。一抹の不安はあったものの、全力でぶつかれば必ず道は開けると、そのときは本気で思っていたのである。

武藤校長はしばらくして帰ってきた。そして会心の笑みを浮かべ、

「島村先生、おめでとう。『貴校の島村副校長先生には、中村養護学校の校長をお願いすることになりました。その旨を本人にお知らせください』と教職員課長に言われたときはうれしくて、思わず『ありがとうございます』とお礼を言って深々と頭を下げちゃったよ。ハッ、ハッ、ハ。前例のない人事だと思うよ。しっかりやりなさい」

と言った。栄治はわがことのように喜んでくれる武藤校長にお礼を言いながらも、自分のことでなくだれか違う人のことのように感じていた。

春休み、養護学校についてまったくといっていいほど知識のなかった栄治は、養

護学校について学校便覧や養護教育総合センターから出されているパンフレットを使って猛勉強をした。

栄治が赴任することになる横浜市立中村養護学校は、南区中村町の大岡側沿いにあり、横浜市立中村小学校と併設されている。小学部、中学部が合わさった肢体不自由養護学校である。教室の数が四つ、訓練のための教室が一つ、集会用のホールが一つある。平成三年度の児童生徒数は、小学部24名、中学部9名の小さな養護学校であった。

市内の養護学校は障害のジャンルによって分けられている。目に障害のある盲学校、聞こえや言葉に障害のある聾《ろう》学校、知能に障害のある知的障害養護学校、肢体に障害のある子の肢体不自由養護学校、アレルギーやぜんそくの病気で悩む子どもたちの病弱養護学校、職業訓練のための高等養護学校等である。養護学校の設置義務があるのは県である。だから、通常の場合は、県立の養護学校である。しかし、横浜市は障害のある子のさらなる可能性を引き出すために市独自で盲学校、聾学校や各種の養護学校を造った。盲学校が歴史的に最も古く、続いて聾学校である。

4月1日、中村養護学校の初出勤の日は、よく晴れわたっていた。日ざしは強いのだが、吹いてくる風はまだ冷たかった。桜のつぼみも色づき始めていたが、開花にはまだ一週間くらい要する気配だった。

中村橋を渡ると古い四階建ての校舎に並んで、真新しいおとぎの国に出てくるようなかわいらしい二階建ての建物が目に入った。古い校舎が中村小学校で、新しい建物が養護学校であろう。

栄治は校門の前に立ち、深呼吸をして、

「さあ、行こう」

と自分を励ますようにつぶやいた。顔が興奮のために紅潮していくのが自分でも分かった。

玄関に入ると壁は薄いピンク色で塗装してあり、病院を思わせる清潔感が漂っていた。職員室をノックすると、紺のスーツ姿の副校長らしい女性が、

「島村校長先生ですね。お待ちしていました」

と二階の校長室に栄治を案内した。校長室には、フリージヤの鉢植えが置かれており、甘い香りがした。

「私、副校長の横山といいます。どうかよろしくお願いいたします。早速ですが、今日の予定を申し上げます。まず最初に校長先生を職員に紹介いたします。それが終わりましたら、この学校の概要について私から説明させていただきます。必要があれば校舎をご案内いたします。午後は地域のかたや近隣の学校へあいさつをいたします。それでよろしいでしょうか」

スーツで細身の体を包み金ぶちの目がねをかけてきぱきと指示する横山副校長に、栄治は圧倒される思いだった。歳は自分と同じくらいだと栄治には思えた。

「校長先生がお見えになりました。職員室にご集合ください」

という校内アナウンスが入った。着任のあいさつをするために横山副校長に案内されて職員室に入った栄治は驚いた。子どもの数が33人だから職員の数も10人程度と予想していたが、職員室には30人近い職員がいた。スクールバス関係者を入れると50人近くにもなると聞かされて、さらに栄治は目を丸くした。横浜市の通常の小学校より若い先生が多く活気に満ちている印象を受けた。

栄治の経歴を副校長の横山先生が紹介した。

「新しい校長先生をご紹介いたします。先生は昭和42年に熊本大学教育学部をご卒業の後、横浜の都田小学校にお勤めになりました。そして、東小学校、舞岡小学校を経て、昭和63年に横浜市立瀬ヶ崎小学校副校長先生に昇任されました。瀬ヶ崎小学校で副校長先生として三年お勤めになり、栄転でこの学校に見えました。きっと中村養護学校に新しい風を送り込んでくださると思います。それでは、校長先生、ごあいさつをお願いいたします」

と横山副校長に促されて、栄治は、

「ただ今紹介にあずかった島村栄治です。養護学校の経験も特殊学級の経験もまったくありません。しかし、情熱だけはだれにも負けないと思っています。笑顔と花に満ちた、夢のある学校をみんなで創っていきましょう。私も、一から勉強しますのでよろしくお願いします」

と、ことさら明るくあいさつをした。花束をプレゼントされ、みんなの拍手を受けながら栄治は身の引き締まる思いがした。

着任のあいさつを終えて、栄治は事務室に行き、事務の先生に、横山副校長の勤務記録カードを出してもらった。推察したとおり、横山副校長は栄治と同じ昭和18年生まれだった。横山副校長は、中村養護学校の副校長になる前は、養護教育総合センターの肢体不自由児担当の指導主事だった。昨年度中村養護学校の副校長に着任している。驚いたことに中村養護学校が開設のとき、教諭として勤務していた。

「よろしいでしょうか」

と言って、横山副校長が入ってきた。

「横山先生はこの学校ができたころに勤めていたのですね」

「そうなんです。そのころは肢体不自由養護学校の上菅田養護学校の分校としてスタートしたのです。教室もなく、ホールに集まって指導したものです。重度重複児童のためのカリキュラムも存在しませんでした。ですから、今のような形態を創りあげるのは並大抵のことではなかったのです」

そう言う横山先生の目はそのころを懐かしむ目になっていた。この学校に対する思い入れも相当なものだということが栄治には感じられた。

「それでは、早速この学校の沿革をお話しします。手始めにこの中村養護学校ができたいきさつからお話しします」

と言って、横山先生はなんの資料も見ずに話し始めた。

「この学校は、昭和54年に文部省から出された養護学校義務化にともない、昭和57

年に横浜市が全国に先駆けて重度重複障害を有する子どもたちのために開いた学校なんです。中村養護学校をかわきりに、58年新治養護学校、59年大綱養護学校、60年東俣野養護学校が誕生しました。これらの四校はいずれも30人前後の小規模な養護学校で関係者は親しみを込めて『横浜のミニ養護』と呼んでいます。重度重複障害の養護学校があるのは、横浜と北海道の札幌だけです」

「えっ、じゃあ、他府県では重度の障害のある子はどうしているの」

と栄治は尋ねた。

「他府県では病弱の養護学校になります。横浜や北海道の学校のシステムと違って、ほとんどの子が病院に入院していて、そこから隣接している養護学校に通っています」

「横浜にも病弱の養護学校はあるでしょう」

「ええ、横浜市にも病弱の子のための養護学校はありますが。しかし、アレルギーやぜんそくや肥満の子が対象になっていますので他都市とは異なります」

「じゃあ、横浜ではこの四校ができるまでは重度重複障害児たちは、どうしていたの」

「このミニ四校ができるまでは、重度で重複の障害を有する子どもたちは、就学猶予の措置を受けて自宅にいたり、他の養護学校の先生がたが家庭に出向き、訪問教育をしていました」

「就学猶予って何?」

と栄治は尋ねた。

「学校に来ることを猶予するということです。就学猶予と言うと聞こえはいいのですが、『あなたたちは障害が重いので学校では面倒見られないから学校に来なくていいです』という措置だったのです。重度重複の障害児のための学校ができる前は、就学猶予の措置を受けている子は市内に300名くらいいたのですが、今はほんの数名になりました。訪問教育対象の子どもたちの通学が可能になったからです。重度重複障害児が家庭から通学するシステムの養護学校は、横浜と北海道にしかありません」

「横山先生、では横浜と北海道以外は重度の障害のある子は訪問指導対象になっているの」

「他府県にも、こういう学校はあります。しかし、病弱の養護学校として病院と併設されています。だから、ほとんどの子が入院をして、隣接している養護学校に通う院内学級がほとんどなんです。でも、横浜の四校のミニ養護学校は、肢体不自由の養護学校に属しています。ですから、子どもたちは、毎日、自宅から、スクールバスで通っています。四校とも市立の小学校と隣接し、ドアー一枚で仕切られているので、子どもたちは自由に出入りでき、交流も盛んです」

「よく分からないのだけど、体が弱いんだから入院してそこから隣接している養護学校に通ったほうが親も安心できるんじゃないの？」

と栄治は聞いてみた。

「それは、うちの学校の存在にかかわる大事なことです。校長先生が自分の目で確かめてみてください」

そう言う横山副校長の言葉が、

「そんなことも勉強してきていないのですか」

というように聞こえて栄治は内心ドキッとした。そのことを悟られないようにそれとなく話題を変えた。

「分かりました。そうすることにします。ところで、子どもたちの障害の状況はどうなっているの」

「脳性マヒの子どもたちがいちばん多く、後はいろいろな障害が複合しています。重い障害のため、ほとんどの子が自力歩行ができませんし、言葉を発する子もかぎられています」

「でも、ねむの木学園の子どもたちのように手や足を使って絵をかいたり文を作る子はいるんでしょ」

そう栄治が言うと、横山副校長の目に「あきれた。何にもご存じないわ」というような失望の色がありありと現れた。

「いいえ、校長先生、テレビ等マスコミはそういう特殊な子どものことを好んで取り上げているようですが、本校は重度重複障害児対象の学校ですから、そんな子はほとんどいません」

「では、どうやって勉強するの」

「校長先生のお考えになっている勉強と、この学校で行なっている勉強とでは大きな違いがあると思います。一口で言うと、生きるための勉強といっていいでしょう」

「生きるための勉強って？」

「それも、校長先生が自分で確かめてほしいと思います」

横山副校長の失望の度合いがさらに増したように、栄治には感じられた。

「分かりました。そうします」

と答えたものの、栄治の心の中に黒い雲が大きく渦を巻き始めた。

「子どもたちは重度で重複した障害があるために、当然、医療的な配慮が必要です」

横山副校長の説明は続いた。

「ほとんどの子がなんらかの薬を服用しています。また、吸引を必要としている子も10名を越します。あ、吸引というのは痰《たん》が絡んだとき、吸引器を使って痰を取ることです。体温調節がうまくできない子もいますので室温には大変気を遣います」

「…………」

「食形態にも配慮しています。中村小学校で調理した給食をミキサーにかけたり細かく刻んだりしなければならない子が15名近くいます。経管栄養の子も12名います」

「経管栄養って何なの」

「食べ物を自力でのみ下すことができない子が、鼻から胃に管を通し、その管を通して栄養を取ることです」

横山先生の医療的に配慮をしなければならないことの説明はその後も続いた。聞いていくうちに、栄治の心は次第に黒い雲で暗くふさがっていくような気がした。

その日の午後、栄治は校舎の中を一人で見て回った。昨年、校舎改築が終わったばかりなので教室も廊下もきれいだ。カーペットを敷きつめた教室には机が隅にあり、中央には座いすのようなものが車座に置いてある。訓練室には歩行訓練に使う平行棒やトランポリン、マットなどが整然と置いてある。廊下にはいろいろな行事の写真パネルが並んでいる。栄治はその中の水泳指導の様子を写した写真に目がくぎづけになった。どの子も先生に抱きかかえられており、思い思いのポーズで写っていた。ほとんどの子が、あばら骨が浮き出ていて、細い腕や足をしていた。中には鼻にチューブを差し込んでいる子も一人や二人ではなかった。顔にマヒが見られる子もいた。それらは障害の重さを如実に物語っていた。栄治はその写真を見つめながら、「この子たちは、本当に学校に来ることが幸せなことなのだろうか。私はこの養護学校で何ができるのだろうか」という疑問が渦を巻き始めた。

玄関前に3台のスクールバスが止まっていた。

「中を見てみますか」

と佐藤運転士が言うので案内してもらうことにした。

「中村養護学校には3台スクールバスがあります。普通見かけるバスより一回り小さく思えたのでそのことを栄治はきいてみた。

「中村養護学校では3台とも中型のバスを使用しています。ここの子どもたちは重度だから、バスのところまで家の人が抱っこするか車いすで連れてくるんですよ。雨の日なんかそれはそれは大変です。だから、なるべく子どもたちの家の近くまで行ってやりたいんですよ。大型バスは多くの子を乗せることができるのだけど、大通りしか通れないし、小型では何人も乗せられないから中型にしているんですよ」

という説明を聞いて、栄治はうなずいた。

「座席は20人分はあります。全部フルにリクライニングできるシートを使用しています。座席を倒して寝たままの状態で来る子もいますので、全部のシートを使えるわけではありません」

そう言って、シートを倒してみせた。

「このバスは車いすのまま乗ることもできます。ですから、ドアーのところにリフトがついていて車いすを持ち上げるのです。それぞれのバスに5台止めるスペースがあります」

リフトの上がり下がりの様子を佐藤さんに見せてもらいながら栄治は思わず感嘆の声を上げた。

車内は冷暖房装置が完備されているだけでなく、医療設備も備えてあった。痰《たん》が絡んだとき痰を取る吸引器や、酸素ボンベ、酸素マスクなどが用意されている。バス1台に運転手さんが二人、介助員さんが二人でチームを作り、子どもたちの安全な登下校に当たっているのである
子どもたちは市内の8区からこのスクールバスで登校しているということだった。

「校長先生、これらのバスは中村養護の子どもたちに合わせて作ってもらうオーダーメードのバスなんですよ」

そう言われて栄治は目を丸くした。

「校長先生、お願いがあるのですが、いいですか」

「ええ、どうぞ。」

「今、スクールバスは3台あるのですが、もう手一杯なんです。混雑するときは、2

時間以上もかかります。どうか増車するように教育委員会にお願いしてください」

「分かりました。即答はできませんが、検討してお答えします」

そう答えたものの、どのようにしたらいいのか栄治には皆目分からなかった。スクールバスに乗ってみて実態を見てから決めようと思った。

一通の手紙

赴任した次の日、一通の手紙が栄治の机上にあった。宛て名を見ると中村養護学校の校長宛だった。急いで開封すると、それは今年入学する村田幸代さんのお母さんからのものだった。その手紙は、ピンクの便せんにていねいな文字で書かれていた。


前略。

過日の入学説明会では、大変お世話になり、ありがとうございました。

春とはいえ、まだまだ寒さ厳しい日が続いております。めずらしく幸代は、入院なしの冬を過ごしております。折にふれ、

「もうすぐ一年生だね」

と話しかけることが多くなってまいりました。

桃の節句が過ぎ、家族みんなが心躍らせながら幸代のための入学準備を始めました。

ランドセルはないけれど、わが子の入学というのはうれしいものです。

入学に先立ち、中村養護の先生がたに幸代のことを少しでも知っていただこうと思い、ペンをとりました。

生後間もなく幸代は、化膿性髄膜炎という、聞くだけでも恐ろしい病魔に襲われました。高熱が続き、体じゅうにけいれんが走り、6日間苦しみました。熱は引いたのですが、高熱のため、脳の機能が冒されてしまいました。そのうえ、水頭症の恐れもあるので、手術をするように勧められました。

「命は助かるかもしれないけど、植物人間になる危険性もある」とドクターに言われたとき、目の前が真っ暗になりました。

しかし、病魔と必死に戦っている幸代のすがたを見て、

「ここががんばりどころだ」と自分に言い聞かせ、

「なんとしても、命だけは助けてください」

と夢中でサインしたのが、遠い昔のようでもあり、つい昨日のようでもあります。

幸代はがんばり、なんとか命は取り留めました。

しかし、その後も入退院を繰り返しました。

——そして、脳性マヒと同じような機能障害は残りました。

ですから、入学できるなどとは、思ってもみませんでした。「幸代さんのような重度重複障害児のための学校がある」と子供医療センターで知り合ったお友達に聞かされたとき、飛び上がるほどうれしかったのです。

幸代が、入学式を迎えられるということは、まるで、夢のようです。

「おそらく、入学まではもたないだろう。覚悟だけは、しておきなさい」と主治医の先生に、言われておりましたから。

いつもと違う意味で、春が待ち遠しい今日このごろです。4月からお世話になります。
校長先生はじめ、諸先生がた、親子共々どうぞよろしくお願い申し上げます。

模様のついた和紙に書かれた、美しい文字から、わが子が入学する喜びがにじんでいた。その手紙を読み終えて、栄治は思わず体を固くした。中村養護学校のもつ重みをずしりと肩に感じたからである。

第二章　さっちゃんのがんばり

子どもたちとの出会い

4月5日。うららかな春の光が中村養護学校の校庭に降り注いでいる。暖かい風に誘われるかのように桜の花が一斉に開き始めた。今日は中村養護学校の小学部、中学部合同の入学式の日である。

9時40分を過ぎるころ、3台のスクールバスが、まるで申し合わせたように次々に校庭に到着した。慌ただしく先生がたが子どもを出迎えに玄関に行く。栄治も緊張の面持ちで玄関に急いだ。次々にスクールバスから先生がたに介助されて下りてくる子どもたちを見て、栄治は一瞬たじろいだ。これほど重度の障害がある子どもたちを見るのが初めてだったからである。ほとんどの子が自力で歩行することができず、先生がたに抱えられたり、車いすやバギーを押されて移動している。中には寝たっきりなので手足のこうしゅくが進んでいる子もいる。先生がたの呼びかけに声で返事している子が少ない。言葉を発して話すことができないのだ。鼻にチューブをさしている子もいる。

栄治はどのように接していいか全く分からなかった。そんな栄治を尻目に先生がたは、子どもたちに元気に声かけをしながら、抱きかかえたり、車いすに乗せて教室に移動している。取り残された栄治の脳裏に「果たして私にこの養護学校の校長が勤まるのだろうか」という思いがよぎった。その不安は体内を駆けめぐり、胸苦しさを覚えた。不安は横山副校長の話を聞いて以来漠然とあったのだが、子どもたちに出会って一気に現実味を帯びてきたのだった。

小学部五年の桐原佳代子さんは担任の林田先生に車いすを押されてスクールバスから降りてきた。水頭症のため頭部がかなり肥大している。そんな障害を思わせないほど明るい笑顔で先生や介助員さん一人一人の名前を呼んでいる。佳代子さんの車いすが栄治に近づいてきた。栄治は握手しようとして手を差し出した。佳代ちゃんは不思議そうに栄治を見て、「この人、だれなの」と言うように林田先生を見上げた。

「佳代ちゃん、新しい校長先生ですよ。名前はしまむら……島村校長先生ですよ。さあ、あいさつしなさい」

担当の林田先生に言われると、佳代ちゃんはじっと栄治を見つめた。佳代ちゃんはとても澄んだ瞳をしていた。そのつぶらな瞳でじっと見つめられたとき、栄治は自分の不安な気持ちを見透かされているような気がして思わず視線をそらそうとし

た。そのとき、

「島村校長先生かっこいい！　かっこいい！」

と手足をばたつかせながら、佳代ちゃんは大声で叫んだ。側に居合わせた先生がたや介助員さんから一斉に笑い声が起こった。不意をつかれた形になった栄治は、照れ笑いを浮かべて佳代ちゃんの手をぎゅっとにぎり、

「佳代ちゃん、仲良くしてね」

と言った。佳代ちゃんの手はふっくらしていて温かだった。

「島村校長先生は佳代子さんの厳しい試験を無事パスしたようですね。佳代子さんの『かっこいい』というのは最大の親愛の情の表現です。良かったですね」

と林田先生は言いながら教室に向かった。佳代ちゃんの大きな話し声は廊下じゅう響いた。佳代ちゃんの話はテレビのことであったり、弟のことであったり、お母さんのことであったり、脈絡がなかった。休み明けで久しぶりに登校したことがよほどうれしいらしく、話は絶え間なく続いた。声は校舎内に響き、佳代ちゃんが通った後は暖かい春の風が吹いたようだった。にこにこして佳代ちゃんを見つめている栄治に、

「きちんと会話のできる子は本校では、佳代子さんとあと数人だけです。あのとお

り明るい子ですから、みんなに注目されます。でも、本校には言葉を発することができない子どもたちも大勢います。会話のない子にも、きちんと目を配ってください」と横山副校長は言った。その語気が強かったので、栄治は一瞬むっとした。しかし、言葉もなく教室に向かう子どもたちを見て、横山副校長の言っている意味が飲み込めた。

健康観察を終えて、養護教諭の志村先生が今日の欠席人数を栄治に報告にきた。中村養護学校には志村先生と丸山先生二人の養護教諭がいる。志村先生は産休明けで今年度から復職した。細身の体で、とてもキュートな感じがする。丸山先生は2年目の独身の先生で、体つきもしゃべり方も丸みが感じられた。

「風邪をひいている子が二人、体調が思わしくない子が一人、昨年暮れから入院している子が3人、合計6人の子が今日お休みです」

という志村先生の報告を聞きながら栄治が、

「入学式の日から6人もお休みですか。多いですね」

とつぶやくと、

「校長先生、この学校は全員がそろうなどということはほとんどありません。特に冬場は要注意です。抵抗力がないために風邪から肺炎を起こす場合がありますから親も慎重なんです」
と志村先生が栄治に教えた。

入学式

小学部1名、中学部3名の新入生の子どもたちを囲んで、23名の子どもたちが全員車いすで式に参加するため、ホールに集合した。ホールの雰囲気が穏やかでとても澄みきっているように不思議な感じを受けた。栄治はそっと深呼吸をした。

やさしい声の　呼びかけに
小さな笑顔が　こたえてる
みんな手をとり　輪になって
声を合わせて　歌おうよ
…………

という校歌で式が始まった。先生がたが歌っているのだが、その歌声はよく響き、ハーモニーが美しかった。教職員、保護者、スクールバス関係者が笑顔で入学を祝った。中でも、小学部でたった一人の新入生の村田幸代さんのかわいらしさは、みんなの目を引いた。ピンクの洋服、ピンクの髪止め、ピンクのリボン、ピンクの靴などピンクずくめの幸代さんは、色白の肌にピンクがよく映えていた。車いすを押す担任の山川先生との取り合わせに、口の悪い坂田先生は、小声で、

「中村養護版美女と野獣ね」

と山川先生に言った。山川先生はすかさず、

「白雪姫と王子様と言ってほしいな」

とやり返した。周りの先生がたから失笑がもれた。横山副校長は坂田先生と山川先生を鋭く目で制した。

　幸代さんの顔には緊張のためか強いマヒが時折浮かんだ。顔をほころばせているお父さん、お母さんに並んで、おじいさんやおばあさんが目を細めて食い入るように孫のさっちゃんの様子を見つめていた。

「暖かい春の風に誘われて一斉に春の花が咲き始めました。校庭の桜の花が咲き始めましたね。どうして春の花は美しく、こんなにも人の心を打つのでしょうか。それはね、冬の寒さに耐えて咲くからだと思います。だから、ゆかしく、やさしく、

美しいのだと思います。みんなも、障害に負けず、自分の花を咲かせてほしいと思います。

小学部一年生に、入学した村田幸代さん、入学おめでとう。学校は楽しいところです。できることをうんと増やしてほしいと思います。中学部に入学の井田成昭君、松村健太郎君、田岡さやかさん、入学おめでとうございます。……」

一人一人の心に問いかけるように、栄治は静かに子どもたちに語りかけた。そして、保護者席の村田幸代さんのお母さんに目をやった。村田さんは栄治の一言一言にうなずかれていた。

入学式が終わると、栄治はさっちゃんの顔をのぞき込みながら、

「私もさっちゃんと同じ新入生なんだよ。お互いにがんばっていこうね」

と心の中でつぶやいていた。

こうして不安を抱えた栄治の中村養護での生活が始まった。

スクールバスで

中村養護学校の一日は、

「スクールバスが到着しました」

というアナウンスで急に活気づく。市内8区から、ほとんどの子どもたちはスクールバスに乗って登校する。体調が思わしくなく、スクールバスで通学させることが心配な保護者は、自家用車で送ってくる。

栄治も入学式の翌日、スクールバスに乗り込んで子どもたちの登校風景を見た。先日、佐藤運転士が教えてくれたように、バスはかなり細い路地まで入り込み、停車する。そこに家のかたが抱きかかえたり、バギーや車いすで子どもを連れてくる。介助員さんが抱きかかえてシートに乗せ、シートベルトをするのである。また、車いすのまま乗り込む子はもう一人の運転士さんが留め金で車いすを固定するのである。遠い子から順番に乗せ始めるので、初めに乗った子は、1時間半ほど乗車することになる。道路が混雑するときは2時間近くも乗ることがあるそうだ。栄治は車酔いをしそうになり、思わず窓を開けかけた。

「校長先生、気温が下がるから窓を開けてはだめです。気分が悪いんですか。しっかりしてくださいよ。子どもたちの中には寝たままバスに2時間近く揺られている子もいるんです」

ベテラン介助員の吉本さんは笑いながら言ったのだが、栄治にはその言葉がこたえた。

子どもたちのがんばり

中村養護学校には教室が四つある。小学部低学年、中学年、高学年、そして中学部となっている。各教室に7人から9人の児童生徒がおり、先生は5〜7人がいる。各教室ともカーペットが敷きつめられており、ふだんは机が置いてない。少数の子どもたちは机、いすを用いて生活するが、ほとんどの子どもたちは、座位で先生がたに後ろから支えられる形で生活する。

授業は、教科書というものはなく、したがって教科で分かれてもいない。健康、感覚、機能訓練の三部門で構成されている。健康の授業は朝の会が終わると行われる。マッサージやブラッシング体操が中心になっており、手足や体のマヒやこうしゅくが進むのを阻止する学習である。感覚の授業は、見るという感覚や聞くという感覚を養ったり、物に触れたりして感覚機能を伸ばす授業である。視聴覚教材が多く用いられる。時には、食べ物を教材に取り入れ、なめたり、食べたりすることもある。また、粘土などを用いてものを造るというのも感覚の授業の範疇《はんちゅう》に入る。機能訓練は訓練室で行われることが多く、立つということにも慣れさせる立位訓練、歩くことを指導する歩行訓練などがある。中でも子どもたちに人気があるのは、トランポリンを使った授業である。トランポリンに子どもたちを乗せて、音楽に合わせて先生がたがトランポリンを揺すると、子どもたちは声を上げて大喜びであった。

養護学校では一人一人の指導プログラムがそれぞれの障害の実態に合わせて作られており、それに沿った指導がなされている。例えば、感覚の授業で物を「つまむ」という学習の場合、それぞれの子どもの実態に合わせ、つまむものが違うのである。ある子は大豆であり、ある子はソラマメであり、ある子はピンポン球である。また、授業の形態も一斉に行われる学習と個人的に指導する学習がはっきり分かれていた。

栄治は自分が校長になったとき、どういう学校にしていくかという青写真もあり、それなりに自信もあった。しかし、中村養護学校に赴任して以来、見ること、聞くこと初めてのことばかりで、戸惑うことが多かった。特に医療に関する専門用語にはまったくお手上げだった。栄治の自信は根底から揺らぎ始め、不安が日に日に大きくなるばかりだった。

「この養護学校で自分には何ができるのだろう。校長として職員をどのように指導できるのだろう」

という疑問がいつも渦を巻き、

「何ゆえ自分がこの養護学校の校長になったのだろう」

という出口のない暗やみに落ちていくのだった。もし、

「小学校に戻っていいよ」

と言われたら喜んで戻っていただろう。

そんな自信を喪失した栄治だったが、子どもたちはいつも温かく迎えてくれた。どの子も青い湖を思わせる透き通った瞳をしており、見つめていると心が洗われる思いがした。無邪気でとろけるようなすてきな笑顔は、栄治の心をなごませてくれた。

中村養護学校の時間はゆっくり流れていくように感じられた。

人気者のさっちゃん

桜の花が満開になり、学習も軌道に乗ってきた。今日も、朝の会が終わり、課題

学習の時間が始まった。子どもたちはそれぞれ自分の課題に向かってがんばっている。自力で歩行できる五年生の松田君は階段の歩行に懸命に挑戦している。中学部一年の井田君はヘルメットをかぶり補助具をつけて何度も倒れながらも立ち上がり、歩行訓練をしている。最近介助なしでようやく立てるようになった三年生の木村さんは歩行器を使って歩く訓練に余念がない。

新一年生のさっちゃんは思ったよりずっと元気だった。中村養護学校では登校回数はその子の健康状態を見て、保護者、ドクター、先生がたが相談して決めるのである。さっちゃんのお母さんと相談して、さっちゃんの登校日を週三日と決めた。三日の登校はさっちゃんには少しハードかなという思いが栄治にはあったが、お母さんの強い希望もあり、ドクターの許可が出たので三日にした。さっちゃんは一日も休むことなく、お母さんとスクールバスで元気に登校してきた。

入学式以来、四週目に入り、緊張気味だったさっちゃんの表情もいくらかとけ、穏やかな表情も見えてきた。さっちゃんの担当は、山川先生だった。山川先生は中年の男性で、ひげが濃く大変な愛煙家であった。ニックネームをアライグマだと聞かされて、栄治は深くうなずいたものだった。よくだじゃれを言って、みんなを笑わせた。
さっちゃんは生活のリズムもでき始め、時折、すてきな笑顔を見せるようになった。排泄《はいせつ》も、担当の山川先生が2時間置きにトイレに連れていき、ゴムトイレに座らせると三週目には自力でできるようになった。一年生だから、まだ本格的な給食は始まっていなかったが、給食になれるための慣らし給食が始まった。さっちゃんは、食事も小さく刻んで山川先生がスプーンで与えると、時間はかかるがかなり食べた。食べ物をゴクリと飲み込む嚥下《えんげ》もきちんとできるようだ。そして、緊張のためこわばっていた表情もかなり豊かになってきた。思ったより適応能力がありそうだった。さっちゃんの可能性についても山川先生を初め低学年担当の先生がたは機会あるごとに報告し合い、期待もふくらんでいった。

中村小学校のお友達も中休みなどを利用して遊びに来てくれ、マッサージなどを手伝ってくれた。中でも、一年生のさっちゃんは人気があり、さっちゃんのまわりにはいつも、お友達の輪ができていた。そして、子どもたちに囲まれているときのさっちゃんの表情はとってもうれしそうで輝いて見えた。中村小の子どもたちに囲

まれていい表情を見せているさっちゃんを見ながら、山川先生はにこにこして、

「いつも、おれ、不思議に思うんだけど、どうして中村小学校の子どもが来るとうちの子はあんなに良い顔になるのかなあ」

と言った。すると、ニックネームが貴公子と呼ばれている理知的な感じがする吉村先生が、すぐさま、

「子ども特有の高い声がいい刺激になるのでしょう」

と答えた。

「吉村先生は、すぐに理屈をつけようとする。声だけでなくもっとトータルな感覚的なものじゃないかな」

と山川先生が言うと、

「感覚的というと、山川先生のほうが僕よりよほど理屈っぽいじゃないですか」

とすかさず吉村先生は反論した。

「どっちにしろ、私たちがどんなに努力しても、中村小学校の子どもたちにはかなわないわね」

と二年生の原田さんの担当の坂田先生が言った。坂田先生は産休明けで復職した

ばかりだ。低学年グループの先生がたはみんな笑いながらうなずいた。

山崎幸治君

中村小学校の子どもが中休みに、養護学校によく遊びに来た。中でも栄治の印象に残ったのは一年生の山崎幸治君だった。幸治君は、坊主頭で目が愛くるしいかわいい子だった。低学年の教室によく来てくれて、さっちゃんのマッサージを手伝ってくれたり、遊んでくれたりする。幸治君は、4月の中ごろ、二年生の子に連れられて、中休みにおそるおそるさっちゃんのいる教室に遊びに来た。中村小学校の二年生の子たちは養護学校の子どもたちのからだに触れ、上手に笑顔を引き出している。しかし、一年生の幸治君は一人教室の壁にへばりついて養護学校のお友達のところに行こうとしない。不思議に思った栄治は、

「ぼくの名前教えてくれる?」

と尋ねた。すると、蚊《か》の鳴くような声で、

「山崎幸治……」

と答えて下をむいた。

「幸治君、どうして養護学校の子と一緒に遊ばないの？」

と聞いてみた。すると、幸治君は、

「僕、こわいの」

とつぶやいた。そう言えば、栄治は入学式の日、初めて中村養護学校の子どもたちに会ったとき、思わずたじろいだことを思い出した。「怖い」という感情は幸治君の偽らざる心境であろう。

　幸治君は「怖い」と言いながらも、中休みになると毎日のようにさっちゃんのいる低学年グループの教室に来た。そして次第に壁にへばりつくことをやめて、先生がたに次々にいろいろな質問をし始めた。

「ねえ、山川先生、あの子はどうして話せないの」

「ああ、健ちゃんのことね。それはね、病気だからだよ」

「ふーん。あの子はどうして歩けないの」

「ああ、里奈ちゃんのことね。病気だからだよ。だから今、歩行器を使って一生懸命歩く練習をしているの」

「隣のクラスに頭が大きい子がいるでしょ」

「ああ、佳代ちゃんのことね」

「あの子、どうして頭が大きいの？」

「それも、病気だからよ」

「ふうーん。じゃあ、いつ病気治るの」

「先生にも分からない。幸治君も、みんなの病気が早く治るように神様にお願いしてよ」

という会話が数日間続いていた。そして、いつの間にか、幸治君は養護学校のお友達のそばに寄っていって、体をマッサージしたりして笑顔を引き出していた。

「幸治君、もう怖くなくなったの？」

と栄治が尋ねると、

「全然怖くないよ。僕ね、もう、みんなと仲良しになったんだ。だから、養護学校のお友達の病気が早く治るように寝る前にお祈りしているんだ。お母さんに話したら、お母さんも一緒にお祈りしてくれているんだ。だからきっと早く治るよね、校長先生」

　つぶらな瞳で尋ねられて、

「ありがとう、幸治君。きっと早く治ると思うよ」

と栄治は答えた。そして、栄治は幸治君を思い切り抱きしめた。

神様　さっちゃんの病気なおして

（幸治君の祈り）

先生あのね、先生この前
「みんな一年生になったのだから、
お友達100人つくりましょうね。
養護学校のお友達もつくるといいね。」
って言ったでしょ。

そのことを登校班のお兄ちゃんに言ったんだ。
そうしたら
「養護学校のお友達をつくりに行こうよ。」
と言って養護学校に連れていってくれたんだ。

養護学校に行って僕びっくりしちゃった。

中はジュータンがふかふかで
廊下だって教室のようにあったかいんだよ。
それに、おもちゃ屋さんみたいに
電車や自動車のおもちゃや遊び道具が
いっぱいいいっぱいあるんだよ。

養護学校のお友達を見て、
僕最初は怖かったよ。
だって、
おしゃべりが全然できない子もいるし、
歩くこともできない子がいるんだよ。
鼻にチューブが入っている子もいるんだよ。

でもね、僕勇気を出して
一年生のさっちゃんに

「お友達になってくれる?」
と聞いたんだ。
さっちゃんは僕を見て
「にこっ」と笑ってくれたんだ。
白い歯に朝日が当たってきらっと光ったんだ。
僕うれしくなって、「さっちゃあん、ありがとう」
って言っちゃった。

だから、今は全然怖くないよ。

お母さんにさっちゃんのことを話したら、

「神様にお祈りをしたらいいね。」

って教えてくれたんだ。

だから、僕寝る前に、

「さっちゃんの病気が早く治りますように。」

ってお祈りしてるんだ。

先生、あのね、

さっちゃんの病気きっと治るよね。

先生もお祈りしてくれる？

第三章　おやすみ、さっちゃん

家庭訪問

4月の下旬になると、通常の学校より半月ほど早く中村養護学校の家庭訪問が始まった。家庭での様子を一日も早く知りたいからだ。

それぞれのグループの先生がたが、3～4人でチームを作り、家庭訪問をするのである。

さっちゃんの家には、低学年担当の山川先生、上村先生、坂田先生が出かけることになったので、家庭訪問の様子が知りたくて栄治もついていくことにした。

坂の上の、閑静な住宅街にさっちゃんの家はあった。居間に通されるとそこにはさっちゃん専用のリクライニングのいすがあり、そのいすにさっちゃんが座っていた。そして、そのかたわらに、おじいさん、おばあさんが座っていた。

「まあ、校長先生までお出でいただいたのですか。恐縮です。幸代の祖父や祖母も、一緒に学校の様子を聞きたいと言うのですが、よろしいでしょうか」

そうお母さんが栄治に尋ねた。栄治は大きくうなずいた。

「もちろん、いいですとも。お孫さん、かわいいでしょう」

そうおじいさんおばあさんに尋ねると、おばあさんが、

「うちの宝物なんです。そうですよね、おじいさん」

とおじいさんに相づちを求めた。

「うちの孫がいちばんかわいい。じじばかですかね。ハハハ」

とおじいさんは笑った。

「あら、あら、お茶も出さずにごめんなさい」

といってお母さんが席を立とうとすると、

「どうぞ、お構いなく」

そう言う山川先生の声を聞きながら、お母さんはお茶をいれに立った。

「幸代、先生がたにかっぱえびせんを食べるところを見てもらいなさい」

と言って、おばあさんがかっぱえびせんを渡すと、さっちゃんはにっこり笑って、

「ポリポリ」と音を立ててかっぱえびせんをかんだ。

「すごーい」

と先生たちは感嘆の声を上げた。

山川先生は、おどけた身ぶりで、

「アンコール、アンコール！」

と手をたたきながら催促した。すると、さっちゃんはさらにうれしそうな表情を見せて、次々にかっぱえびせんを音を立ててかんでみせてくれた。家庭ではこんな明るい表情を見せるのかと栄治が思っていると、

「幸代はね、先生がたが来てくれたのがうれしくてたまらないのですよ。あの子なりに歓迎の笑顔をふりまいているのです。そんな幸代がいじらしくてふびんでたまらないのです」

しんみり語るおじいさんの言葉が栄治の心にしみわたった。

「あらあら、どうしたんですか、しんみりして。さあ、学校の様子を聞かせてください」

台所を出てお茶をみんなに勧めながらお母さんは座った。先生がたが学校での様子をかわるがわる話すのを聞いて、お母さんたちはうれしそうにうなずいて聞かれていた。

先生がたの話を聞き終わって、さっちゃんのお母さんが静かに話し始めた。

「先生、学校ってすごいところですね。家でも排泄《はいせつ》のことは、時間が来るとこの子がいやがるのを無理してゴムトイレに座らせました。1時間も座らせたときがあり

ます。摂食指導のこともずいぶんやったつもりですが、どうしてもうまくいきませんでした。よほどおなかがすけば食べるだろうと食事をぬかしたことも一度や二度ではありませんでした。でも、学校に通いはじめてまだ三週間たらずですが、トイレも時間排泄《はいせつ》が自力でできるようになりました。食事も意欲的に食べるようになってきました。先生がたには心から感謝しています」

そう話されるお母さんの目には涙が光っていた。

「ただいま！」

玄関で元気な声がした。

「兄の明です。今小学三年生なんです。明、こちらに来てごあいさつしなさい。さっちゃんの学校の先生がたよ。校長先生も見えていますよ」お母さんがそう言うと、

「こんにちは」

と明君は元気よくあいさつした。とても活発そうな子に見えた。

「まあ、お行儀が悪いこと。きちんと座ってあいさつなさい」

お母さんに言われて、明君は座ってぺこりと頭を下げた。涼しげな目もとが、さっちゃんそっくりだった。

「この子は幸代をとてもかわいがってくれるんですよ。お使いに行くときなど、進んで幸代のバギーを押してくれるんです」

と、明君の頭をなぜながらお母さんが話してくれた。

「この子は、幸代と学校に通えるのを楽しみにしていたんですよ。僕がバギー押すからといってくれるんですが……やさしい子なんです」

「明君、野球好きか？」

山川先生が尋ねると、

「うん。大好き。今も野球してたんだ。僕、ベイスターズのファンなんだよ」

と、星のマークのついた野球帽を見せた。

「明、おやつがあるよ。こっちにおいで」

と、いつの間にか台所に行ったおばあさんが呼んだ。

「主人も幸代を私以上にかわいがってくれるんですよ。電力会社に勤めているんですが、サラリーマンにつきものの転勤の話が何度もありました。でも、他県には、中村養護学校のように、家から通える学校はありません。施設や病院に入院してそこから養護学校に通わなければならないのです。ですから、横浜から動きたくないと頑強に転勤を断っているんです。同僚たちはどんどん偉くなっていくのに、主人は転勤を断るために、まだ係長にもなれないんです。ほんとに申し訳ないと思っているんですよ」

と、寂しそうに笑われた。

家庭訪問を終え、帰宅する道すがら、

「さっちゃんは温かい家族に育てられて幸せだね」

と栄治が言うと、先生がたはうなずいた。

「校長先生、障害児を持つ家庭は一般的に不幸だと思われています。本校に近隣の学校のPTAがよく見学に見えます。来られたかたは、子どもたちの様子を見たり、母親の話を聞いてよく泣かれます。きっとかわいそうだと思われるのでしょうね。僕はそのときむしょうに腹が立つんですよ。『めし!』と『かね!』しか親子の会話のない殺伐とした家庭より、さっちゃんの家庭のように、障害児を中心にして家族が肩寄せ合って生きている家庭のほうが、僕には幸せに思えるのですよ」

という山川先生の言葉には力がこもっていた。いつも冗談ばかり言ってみんなを笑わせる山川先生の違う面を見る思いだった。

突然の電話

4月27日の早朝、まだ人影もまばらな職員室の電話が激しく鳴り響いた。副校長の横山先生はあわてて受話器を取った。そして、

「えっ」

と言ったまま絶句してしまった。職員室の空気が一瞬凍りついた。

気を取り直した横山先生は、

「昨夜ですね。それで、式の日取りは。……はい、わかりました。学校からもすぐに参ります」

そう言って静かに受話器を置き、校長室に入っていった。

「校長先生、村田幸代さんが昨夜遅く亡くなったそうです」

「…………」

思わず立ち上がった栄治は声も出せず、その場でたたずんだ。

昨日家庭訪問した3人の先生と栄治は、タクシーでさっちゃんの家に向かった。車内ではだれも無言だった。

家に着くとすぐにさっちゃんのところに案内された。さっちゃんはまるで眠るように小さな花柄のふとんに横たわっていた。すやすやと寝息が聞こえるような、安らかな顔だった。その顔から、マヒが消えていた。あのマヒは、さっちゃんが病魔と戦っている証だった、ということが栄治に初めて分かった。声もなくさっちゃんのなきがらに手を合わせている栄治たちに、さっちゃんのお母さんが静かに語りかけた。

「幸代は一人で寝るのが嫌いな子でした。ですから、私が寝るときまでみんながいる居間の座布団に寝かせておくのです。そうするうちに眠りにつくのです。昨夜もそうでした。11時過ぎに片付けが終わり、『さあ、さっちゃん、寝床に行くよ』と私が幸代を抱え上げました。でも、そのときはすでに冷たくなっていたのです。慌てかかりつけの病院に連絡をとって、救急車で駆けつけました。偶然当直の先生は幸代の主治医の先生でした。その先生が人工呼吸などを懸命に施してくださいましたが、だめでした。きっと幸代はお別れを告げるために主治医の先生を呼んだのだと思います」

声をつまらせながら、さっちゃんのお母さんは話した。

夜になり、お通夜が滞りなく済み、栄治たちがお茶を飲んでいると、おばあさんが見えて涙をふきながら、

「先生、この子は親孝行な子です。なにしろ、親や私に入学する姿を見せてくれたのですから。お医者さんからは、『おそらく入学まではもたないだろう』と言われておりましたから、入学式の日を迎える家族の喜びはそれはそれは口では言い表すことができないほどでした。私も、おじいちゃんも、入学する孫の姿をしっかりまぶたに刻みつけました」

と、話をされた。おばあさんのお話を受けて、お母さんがつぎのように話された。

「先生、学校ってすごいところですね。昨日もお話ししたように、入学までに、少しでも生活リズムをつけようとして、家でも、おしっこの時間排泄《はいせつ》とか、水分補給の仕方とか、いろいろなことを試みたんですよ。でも、うまくいきませんでした。ところが、学校に通い始めてわずかの間に、それが少しできるようになったんです。

何よりうれしかったのは、幸代の表情が日に日に豊かになったことです。学校から帰ってくると、疲れた顔はしていますが、満足そうな、とってもいい顔をしてい

ました。この子なりに、充実感があったのでしょう。

この子は次にどんなことを私たちに見せてくれるのだろう、と期待に胸が膨らみました。

昨日は家庭訪問でしたね。大好きなグループの先生がたがいらしたとき、幸代はとてもうれしそうでした。私がお茶の用意をしているとき、あの子なりに、精一杯の歓迎の気持ちを、満面の笑みで表しているかと思うと、私もうきうきしたものです。

思えば、この子の短い一生は、病気との戦いでした。一年前も、心停止を起こしました。医師の懸命の心臓マッサージで、命は取り留めました。

そのとき、私は覚悟を決めました。これから先、どんなことがあっても取り乱すまい、幸代のがんばりに負けまいとね。

あの子は、主治医の先生にも見送られて一人旅立ちました。でもね、幸代は、たった6年の命だったけど、完全燃焼したと思います。だから、家族で、『さっちゃん、よくがんばったね。もう、ゆっくりお休み』と言ってあげたんです。どうか先生がたも幸代をほめてやってください」

そう言うと、新しいお線香を上げられた。

さっちゃんの家を辞し、帰路についた栄治は頭の中で、「生きるとはどういうことなのか」という疑問が渦を巻いた。

その晩、栄治は泣き明かした。気がついたときには、朝の光がしらじらと部屋に差し込んでいた。

一筋の光

さっちゃんの死は栄治に大きなダメージを与えた。校長室の壁に掛かっている入学式の写真を見るたびに、さっちゃんに目がいき、涙が込み上げてくるのだった。教師生活三十年近くになるが、子どもの死に出会ったこともなかったし、考えたこともなかった。それだけに、悲しみは大きかった。悲しみの中で、無理に入学をさせないで家でゆっくり過ごさせたら、もっと生きられたのではないかという後悔も含まれていた。栄治は日に日に元気をなくしていった。中村養護学校の実態を知ればが知るほど、中村養護学校の教育について自信をなくしていたからである。中村養護学校では、さっちゃんのように在学中に亡くなる子もいるし、卒業生の中にも亡くなった子が一人や二人ではないという話だった。また、子どもたちの中には、昨年まで座位が取れたのに、今年になってから寝たっきりになった子もいた。中学部の近藤君は呼吸を確保するためにのどに穴を開け、シャンテを入れたため、通学ができなくなり訪問指導に切り替わった。

「中村養護学校の教育って何だろう」「成長って何だろう」という疑問が栄治の中で激しく渦まいた。そして、この学校の子どもたちは無理して学校に来させず、家でゆっくりさせてあげたほうがいいのではないか、といういつもの考えが首をもたげてきた。

医療の進歩によって今まで助からなかった子どもも助かっている。新生児の出生率も年々高まっている。今までの医学では助からなかった超未成熟児も助かっている。しかし、それと比例して、重度重複障害児が増えてきているのも事実である。横浜のミニ四校の児童数は確実に増加してきている。「生命を救おう」という医学の主旨は分かるが、保護者にとって、助けられて本当に良かったと心の奥底から思えているのだろうか。本人にとっても病魔との戦いの明け暮れで、決して快い毎日とは思えない。医学の進歩の陰で不幸という十字架を背負わされて泣いている人がいるとしたら、残酷なことではないか。

初七日の日に、栄治は一人で村田さんの家に花を手向けに訪ねた。「医療の発達が本当に幸せなのだろうか」という疑問について、お母さんの話も聞きたかったからである。

「さぞかし、お心落としのことでしょうね。私も、心にぽっかり穴が開いたみたいで、さっちゃんのことばかり考える毎日です」

そう栄治が切り出すと、

「そんなに心にかけていただいて、幸代もうれしいでしょう。私も、あれ以来、『幸代の人生って何だったのだろう』と考えました」

と、お母さんは静かな口調で話した。

「さしつかえなければ、そのあたりのことをお話しいただけませんか。正直言って、今、私は、中村養護学校の教育の意義を考えているところです」

「お手紙にも書きましたように、あの子は新生児重症仮死で産声も上げませんでした。すぐに新生児科に運ばれ、人工呼吸器の助けを借りてどうにか息は吹き返しました。しかし、その間に酸素が行かなかったので脳細胞が侵されてしまいました。そのために重度の障害を背負うことになりました。全身の緊張が強く、舌の奥が軌道をふさぐ舌根沈下があり、呼吸も満足にできません。もちろん、自力で歩くこともできません。一生会話はできないだろうとお医者さんに宣告されてしまいました」

「育てるの大変だったでしょう」

「そうです。生んだときにショックからか、母乳が出なかったので、人工のミルクで育てました。乳首を吸う力が弱く、200ccのミルクを飲むのに2時間近くかかりました。夏場などはミルクが悪くなるのではないかと心配したほどです。それでも、懸命に乳首を吸い必死に生きようとする幸代を見て、私たち家族は逆に励まされました。死の淵《ふち》に立ちながらも懸命に生きようとする幸代は崇高にも思えました。あの子は、たった六年という生を燃えつきて逝《い》ってしまいました」

「残念でしょうね。さっちゃんも」

「いいえ、そうは思っていないと思います」

「えっ」

「人生は生きる長さではないことを幸代が死んでから感じました。大切なことは『完全燃焼して人生を全うする』ことではないでしょうか。たくさんの弔問客がお見えくださいました。幸代はそのかたたちとのかかわりの中で、完全燃焼して人生を全うしたのだと思います。人生で大切なことは、『どれだけ生きたか』でなく、『どのように生きたか』ということを、幸代は身をもって私たちに教えてくれたのだと思います」

　栄治はお母さんのお話を聞きながら、たった一つの小さな命を人として人とのかかわりの中で全うさせてあげた村田さんの家族の思いにふれたような気がした。栄治は暗やみの中に、一筋の光を見た。

おやすみ、さっちゃん
（村田幸代さんへ）

先生、この子は親孝行な子です
なにしろ　親や　私に
入学する姿を見せてくれたのですから
——と、おばあさんの声

六年という年月を
あらんかぎりの命の炎を
燃やしつくして
あなたは静かに　ねむりについた

あなたのねがおの
何と安らかなことか

命の炎の消えるのを知った
あなたは
大好きだった三人の先生を家に招き
かっぱえびせんを　音を立てて
かんでみせ
声を立てて笑い
おえしゃくをふりまいた

そして　主治医の先生に別れを告げ
真夜中　一人旅立っていった

生きることのすばらしさと
生きることの尊さを
みんなに教えてくれたあなた

あのはにかみの表情と
からだの重みと　ぬくもりを
私たちは　いつまでも忘れない

おやすみ　さっちゃん

第四章　うちの子何でもできるわよ

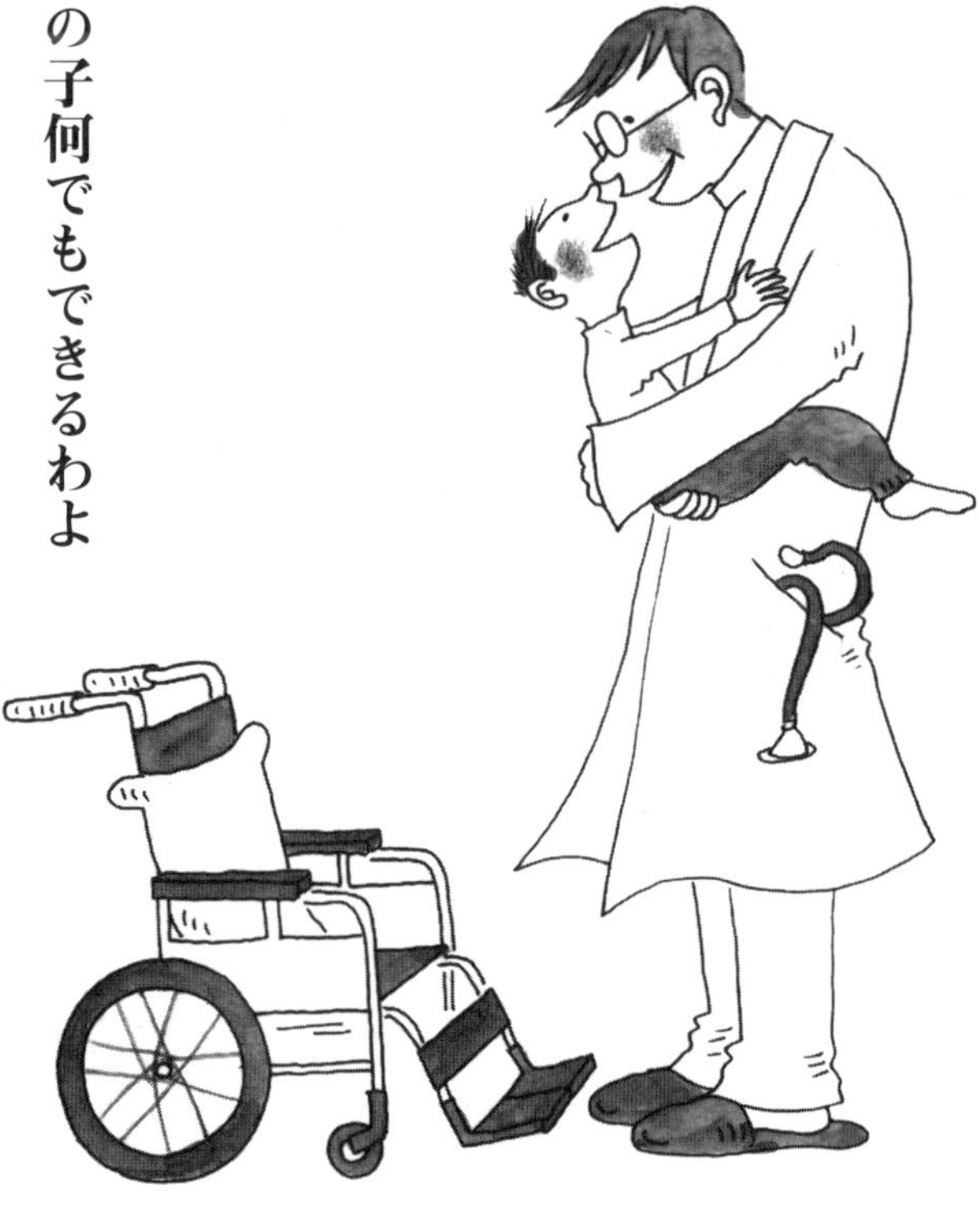

白井さんの話

こいのぼりが元気に運動場の上に泳いでいる。新緑がまぶしいほどだ。栄治は朝の会の子どもたちの様子を見届け、校長室に戻ろうとしていた。保護者控え室の前を通るとき、六年生の白井啓一君のお母さんの姿が見えた。すらりとした長身で、髪を無造作に後ろに束ねている。ＰＴＡの副会長もやられており、口調はいつもはきはきしていて、元気がいい。

「おはようございます」

栄治が声をかけると、

「あら、校長先生、ちょうどよかった。ちょっと話があります。時間ありますか」

「ええ、少しなら……」

「校長先生は養護学校の経験はないんですって」

「ええ……」

「それはしかたないことですよね。でも、養護学校の経験がないだけに、お母さんがたは先生に期待しているのです」

「えっ。どういうことですか」

「例えば中村養護学校以外の通常の学校と交流し、私たちの希望している高等部の設置について支援してもらうとか、この学校で行なっているバザーに協力してもらうとかの活動です。でも、校長先生がこのごろ最初の元気がないってみんな心配していますよ」

「…………」

「ねえ、校長先生、当ててみましょうか。何で、元気ないのか」

「…………」

「校長先生は今までの学校の子どもたちに比べて、うちの学校の子どもたちが何にもできないと思って、カルチャーショックを起こしているんでしょ」

「…………」

無言でいる栄治を見て、白井さんは急に笑いだした。

「図星でしょう。ちゃんと顔に書いてありますよ」

そう言って、いたずらっぽく栄治の顔をのぞき込んだ。やがて、真顔になると、

「校長先生、それは違いますよ。確かに本校の子どもたちは歩けない子が多いし、

話せる子どもも少ないのは事実です。うちの啓一だって歩けないし、話もできない。ほとんど寝たっきりの生活です。でもね、肝心なことは自分できちんとやっているんですよ」

「それは、どういうことですか」

「食事のとき、食べ物をすくったスプーンを口に持っていってやると、食べ物を自分でのみ込むんです。そして、それを消化し、栄養として全身に送るのです。それは、全部自分でやります。もちろん、排泄《はいせつ》したものは介助してやらなければならないけど……。肝心なことは、全部自分でやるんですよ。これでも、うちの子は何にもできないと校長先生はお思いですか?」

栄治は電気に打たれたようなショックを覚えた。養護学校の教育は、できることをのばしてやることだと、栄治は気づいた。

「白井さんに少しお尋ねしていいですか」

「ええ、何なりと……」

「白井さんは福岡県からこちらに転校されていますね」

「そうですよ。それが何か?」

「聞くところによると、横浜の養護学校が気に入って転校して見えたとのことですが……」

「そのとおりです。啓一は福岡の県立の病弱の養護学校に入学しました。福岡県の場合、啓一のような子は施設に入るか、訪問指導を受けるか、どちらかなんです。だから、施設に預けて、そこから隣接する病弱の養護学校に通わせていました。啓一には上に高校生の兄と中学生の姉がいるので、その子たちに手を取られ、思うように啓一のところに面会にも行けませんでした。土曜日、日曜日は自宅で過ごすために引き取りに行くのですが、忙しさにかまけて引き取りに行かないときもありました。事実、施設に預けっぱなしで面会にすら行かない家族もいました。

引き取りに行かなかった次の週に引き取りに行ったときなど、

『啓一君、とっても寂しそうでしたよ。悲しさからか、食欲もなくしていましたよ』

そう先生に言われるたびに心が痛みました。そんなおり、PTAの企画で横浜の中村養護学校の見学会がありました。興味をそそられ参加しました。中村養護学校を見学して、そのシステムに驚きました。重度の障害がある子も学校に家から通えるなんて、まるで夢のような学校です。先生、私だけかもしれないけど、施設に預けると次第に愛情が薄れてくるような気がします。幸い、主人は自営業ですので、そのことを話したら、啓一のために横浜に移ろうということになったのです。上の子どもたちは最初友達と別れるのが嫌で反対していましたが、最後には賛成してくれました」

「それで、転校してきてどうですか」

「正解だったと思います。やはり、家族は一つ屋根の下で暮らしてこそ家族のきずなを感じるのです。肩寄せ合って暮らしてこそ、愛情を感じるのです。私のように他県からこのシステムに引かれて横浜に移ってきたかたも数名いらっしゃいますよ」

白井さんの話を聞いているうち、今まで栄治の頭の中でもやもやしていた霧が晴れたような気がした。

その日の放課後、栄治は啓一君の担任の岡野先生に、白井君のお母さんの「うちの子は肝心なことはきちんとできるのよ」といった話をした。岡野先生は、肢体不自由の養護学校だけでなく、知的障害のある子どもたちのための養護学校も経験している十五年のキャリアを持つベテランの先生である。低学年グループの山川先生とは大の仲良しである。山川先生とは対照的にスーツ姿がよく似合うスマートな先生だ。話を聞いた岡野先生は、当然と言った顔で、

「そうですよ、校長先生。白井君は私たちの問いかけにきちんと反応していますよ」

「本当ですか。私にはその反応が分からないんですけど……」

「それでは明日、校長先生をテストします。白井君はどうやって反応しているか、一日教室にいて探してください」

白井啓一君は小学部六年生である。重度の脳性マヒでほとんど寝たっきりである。背が高く、長いまつげの下の大きな瞳がとても魅力的な男の子だった。自分では体が動かせないため、手足だけでなく体のこうしゅくもかなり進んでいた。時折、けいれんを起こすが、それは不随意の動きで、意思を表しているのではない。舌がのどの奥に沈み込み、気道を圧迫して押す舌根沈下が見られ、呼吸そのものも苦しそうだった。栄治には、この子の反応を読み取ることはできなかった。

テスト

次の日の朝、栄治は神妙な顔をして白井啓一君の前に正座していた。岡野先生が

栄治に出したテストの課題は、

『今から呼名しますから、白井啓一君はどうやって返事をしているか見つけなさい』

というものだった。

　岡野先生がクラスの子どもたちの名前を次々に呼名していく。子どもたちは、声で返事をしたり、手を上げたり、にこっと笑顔を見せたりして反応していく。

いよいよ白井君の番になった。栄治は目を凝らして、注意深く白井君を見つめた。

「白井啓一君」

と岡野先生が呼名する。しかし、栄治には反応が全く読み取れない。声を上げるわけでもないし、体を動かすわけでもない。しかし、岡野先生は、

「いい返事ができたね、啓一君」

とほめた。

「白井君は返事をしていません」

と口をとがらせて栄治が岡野先生に抗議すると、岡野先生は、

「いいえ。きちんと返事しています。もう一度やってみますよ」

と、もう一度名前を呼んでくれた。しかし、反応が全く読み取れない。

「岡野先生、ヒントをください」

と栄治が頼み込むと、

「分かりました。名前を呼びますから、目のあたりを注意して見ていてください」

とヒントを出してくれた。栄治は白井君の瞳にじっと目を凝らした。

「白井啓一君」

岡野先生が呼名すると、啓一君のまばたきが突然激しくなった。まばたきを激しくすることによって返事をしているのだ。試しに、ほかの子の名前を呼んでもらったが、まばたきに変化が見られない。

「岡野先生、分かりました。啓一君はまばたきで返事をしています」

「そうです。正解です」

そう言って次の子の呼名に移っていった。

栄治は、白井君のまばたきがどんなときに激しくなるか、教室に残って観察を続けた。「お水飲む?」「トイレに行く?」「ご飯食べる?」などの問いかけに、激しくなるときとそうでないときがあった。中村小学校の子が遊びに来て、教室にある太鼓を激しく鳴らしたときもまばたきが激しくなった。自分の感情をまばたきで表しているのだ。

放課後、栄治は岡野先生に観察の結果を話すと、

「そうなんです。白井君はまばたきの回数で自分の意思を表しているのです。白井君はまばたきで返事をするだけでなく、快、不快の表情もまばたきで表すのです。快、不快を表すことが自立の第一歩なのです」

岡野先生の話を聞きながら、

「先生、うちの啓一は何でも自分でやるのよ」

と言った白井君のお母さんの顔が栄治の脳裏をかすめた。

表情ではなかなか読み取れないが、よく見ると啓一君の内面はずいぶん広がっているのだということが、少し栄治にも分かりかけてきた。

養護学校の先生がたは、子どもたちの反応をきちんと肌で読み取っていることや、子どもたちをいろいろな見方で見ているということが、次第に分かってきた。

見る、視る、看る、診る、観る、…………。

きちんとその場のケースで見分けているのだ。

養護学校の教育で大切なことは、何を教えるかということでなく、子どもの実態を正しく見極め、その実態に沿って、「その子にとって今、何が大切であるか」を考えていくことだということが、栄治にも少し分かり始めてきた。だから、養護学校では、一人一人のライフプランを視野に入れ、個人プログラムが必要であることがあらためて認識できた。

でも、そのことは果たして養護学校だけの問題なのであろうか。通常の学校では一律の指導内容を一律に教えこもうとしていないか。基礎・基本ということを一律に考えようとしているが、その内容は子ども一人一人によって違うのではないか。これらのことをもう一度、ゆっくり考えてみる必要があることを栄治は感じていた。

プラスの成長・マイナスの成長

養護学校には通常の学校と同じように、内科、眼科、耳鼻科、歯科の校医さんがいる。そして、定期的に検診をしてくれる。そのほかに、中村養護学校には、重度の障害専門の先生がたが、かなりの回数見えるし、リハビリ専門の先生がたも検診に見える。

6月5日は小児精神内科の佐藤先生の検診の日である。内科の佐藤先生ははやばやと校長室に見えた。佐藤先生は子供医療センターの医長である。太い眉、がっしりした体格ではあるが、穏やかな話しぶりの中に優しい人がらが感じられる先生である。大変なヘビースモーカーで、診察のとき以外はかたときもたばこを離さない。ていねいな診察と的確なアドバイスで患者さんから絶大な信頼を受けている。中村養護学校の子どもたちの中にも佐藤先生に診てもらっている子が数人いた。重度重複障害に関する見識が大変深く、横浜に重度重複の養護学校ができたのは、佐藤先生の協力があったからだということを栄治は横山副校長から聞かされていた。

栄治は名刺を佐藤先生に渡しながら、

「今度赴任した島村です」

と自己紹介をした。

「そうですか。あなたが島村校長先生ですか」

と意外な答えが返ってきた。

「あのー、私が何か……」

と尋ねると、

「白井君のお母さんが病院に見えたとき、『今年見えた島村校長がこのごろ元気がない』と話をしていたのでどんな先生か気になっていたんですよ」

と笑いながら答えられた。

「ご心配おかけして申し訳ありません。でも、もう大丈夫です。白井さんのお母さんの話を聞いてすっきりしました」

栄治はそう言って白井さんのお母さんの話の内容を語った。

「白井さんの一言がカンフル剤になったんですね。でも、校長先生は医者にならなくてよかったですね」

「え、どうしてですか」

「だって医者はどんどん悪くなる患者さんを毎日のように見ています。亡くなるかたもいますよ」

「そんなとき、佐藤先生は医者になったことを後悔しないんですか」

「校長先生、成長にはね、プラスの成長とマイナスの成長があるんです。私たちはプラスの成長……つまり良くなる成長はどんどん伸ばしていきます。マイナスの成長……悪くなる成長ですね……それはどうやってくい止めるか、くい止めることができなければ、どうやってそのスピードを遅くするかに全力をあげます。この学校の子どもで言えば、佐久間君がそうです。佐久間君は入学したときには、とても元気で、座位も取れていました。でも、背骨の湾曲が進み、今では寝た状態で指導を受けるようになりました。この学校にはいませんが、筋ジストロフィーの子などはまさしくそうです。校長先生はこれまでプラスの成長しか見てこなかったんです。でも、中村養護学校ではマイナスの成長にもこれから多く出会うでしょう。だから、マイナスの成長をくい止めるかスピードを遅くする努力を学校はしていくべきです」

「学校では何をすべきと佐藤先生はお考えですか」

「やはり、いい刺激をどんどん子どもたちに与えることでしょうね。教育の力は大きいのですよ」

「いい刺激といいますと……」

「私は医者であって教育者ではありません。それを考えるのが先生たちの役目ではないですか」

　そう言って、佐藤先生は栄治の肩をぽんとたたくと、子どもたちが待っている保健室に足早に去っていった。

「なるほど、いい刺激か」

栄治はそうつぶやいていた。

透き通った愛

（白井啓一君へ）

あなたは今日も静かに命の炎を燃やし
いつもの場所にひっそりと横たわる
あなたの青白い澄んだオーラは
やさしくまわりの空気をおしつつむ
もの静かでひっそり息づくあなたは
快、不快の表情すら見せず
感情のひだを　そっと
自分の中におしつつむ

あなたのエメラルドを思わせる瞳は
人の心を深い湖に引き込み
時間の流れを止め

心からの安らぎを与えてくれる

自分を主張しない君の存在感の
なんと確かなことか
なんと重いことか

あなたの透き通った愛の中に
しばし　ただよっていよう

第五章　修学旅行

医療行為と生活行為

ある日の昼休み、栄治が校長室でくつろいでいると横山副校長が入ってきた。

「校長先生、これ読んでください。おもしろい記事が載っています」

と栄治に一冊の雑誌を渡してくれた。雑誌のタイトルを見ると、『養護教育』とあった。栄治が目次を見ると興味深い特集記事があった。「養護学校に医療行為はどこまで許されるのか」というテーマで、文部省と養護学校の先生がたの座談会の記事である。

「文部省が明らかに横浜のことを中傷しているのです」

そう横山先生に言われて、栄治は夢中で活字を追った。そして、問題の部分を見いだした。「ある市では、吸引とか、経管栄養とか、導尿とかを養護学校がやっています。これは、医師法24条違反しているのではないかという指摘をされる医師のかたもいられます。文部省でも今慎重に対処していますが、各学校でも自重してほしいと思います」

というところで栄治は首をかしげた。

「横山先生、ある市とは横浜市のことですか」

「そうです」

「この医師法24条というのはどんなことなんですか？」

「横浜の養護学校で行なっている吸引、経口栄養、導尿などの医療的行為はできないという決まりなのです」

「えっ、それでは今横浜市でやっていることは違反なんですか？」

と栄治は思わず大きな声を出してしまった。

「でも、医師法ではそれらの行為を営業としてやることを禁じる法律なのです。だから、それらのことは、本人や保護者の人がやってもいっこうに構わないんです。腎臓透析やインシュリンの注射なども、本人や家族がやっていいと認められているのは、校長先生もご存じでしょう」

「それは知っています。でも、それならなぜ文部省ではいけないと言っているのですか」

「それらの行為を文部省では医療行為と呼んでいるからです」

「では、なぜ横浜市ではやるんですか」

「それは、横浜市の教育委員会では、医療行為でなく生活行為と呼んでいるからです」

「よく分からないのですが、その違いはなんですか？」

「生活を維持していくために必要な行為を生活行為と呼んでいます。もちろん、医師でなければできないことは横浜の養護学校でも禁止されているけど、本人や保護者のかたに許されている行為ならば、緊急の場合に限って学校でもやるようにしているんです」

「横浜の医師会からのクレームはないんですか？」

「まったくないとは言いませんが、横浜の医療機関は教育委員会の方向を支持してくださっています。本校によくお見えになる小児神経内科の横田ドクターなどもそのお一人です。その支持がなければ、横浜の重度重複の養護学校は存在してないと思います」

「今までに失敗例はないんですか？」

「幸いにして一例もありませんし、これからも失敗は許されないと思います。もし、失敗してそれが事故や事件につながったら、横浜の重度重複の養護学校は20年前に戻ってしまうおそれがあります」

「よく分かりました。横山先生、文部省では重度の障害のある子はどうすればいいと考えているんですか？」

「保護者が学校に付き添うか、病院に入って院内学級に通うかすればいいと考えているのです」

「なぜ、横浜では、文部省の意向に反してまでも、家から通わせることにこだわるのか、私にもいくらか分かってきました。白井さんのお母さんは横浜のミニ養護学校のことを夢の学校と言いました。事故のないように気をつけていきましょう」

ディズニーランド

6月に入り、あじさいが色づき始めた。例年より梅雨の入りが遅く、晴天が続いていた。

いよいよ中学部の修学旅行が近づいてきた。目的地は、一日目が千葉のディズニーランド、二日目がＮＨＫ放送センターとなっていた。栄治は行き先がディズニーランドと聞いて、ちょっと奇異な感じを受けた。スクールバスで、道路渋滞にかかると3時間以上かかるのだそうだ。もっとこの学校の子にふさわしい場所があるように栄治には思えた。

「なぜ、行き先が千葉のディズニーランドなんですか？　神奈川県内にも修学旅行に適したところはあるでしょう」

と教務主任の金田先生に尋ねた。金田先生は細身の体型の先生だが、そのバイタリティに栄治はいつも感心していた。教務主任という重責を果たすかたわら、ボランティアとして地域の作業所に休日を利用して出向いているのだ。その地域の作業所ができるとき、住民の反対があり、反対住民を説得して回った筋金入りの先生である。金田先生は、笑いながら、

「校長先生は今度修学旅行の引率をするんでしょう。そのわけは、ぜひ、自分で見つけてきてほしいと思います。宿題ですよ」

と意味ありげな答えが帰ってきた。


　修学旅行の当日は、梅雨時なので天候が心配されたが、真夏を思わせるかんかん照りの暑い日だった。修学旅行に参加したのは、中学三年の生徒松本美香さん、藤井留美子さん、竹下勇次君の３人だった。

松本さんの担当の伊達知子先生、藤井さん担当の宮本靖子先生、竹下勇次君担当の馬場和子先生のほかに、全体責任者として校長、保健担当の養護教諭の志村先生、そして小学部高学年から応援の長谷川武先生が参加した。

竹下君は大変小がらな子である。一歳のころ高熱が出て、激しいけいれんを起こした。病状が悪化して、病院に着いたときには昏睡状態に陥っていた。悪いことに肺炎も併発し、心臓が停止したり呼吸も停止したりした。その状態が一週間も続いた。助かる確率はごくわずかだと医者に言われたが、奇跡的に一命を取り留めた。しかし、呼吸停止があり、重い脳障害を起こした。現在は、比較的元気だが、やはりひどいけいれん症状を起こし、体が硬直するときがしばしばある。食事は流動食が少し食べられるようになってきた。今までに少なくとも4度は死の淵《ふち》に立ったが、そのたびに死を乗り越えてきたという話だ。お母さんは、「この子は不死鳥なんですよ」と静かに笑われる。担当の馬場和子先生は35歳の人権担当の先生である。何事にも熱心で、研修会でもいちばん発言の多い先生であった。

藤井さんは水頭症である。体が比較的大きい。水頭症とは頭に水がたまり、そのために頭が大きくなり、脳圧が高まり、脳性マヒと同じような症状を起こす。体調は安定しているが、食事の形態は経管栄養である。体のこうしゅくがかなり進んでおり、ベッド式の車いすを使用していた。担当は中学部主任の40歳の宮本靖子先生である。運動が大好きで、体操着がよく似合った。いつも笑顔を絶やさず、明るくふるまうので、保護者の信頼も厚かった。だから、母親学級の相談役にもなっていた。

松本さんは中村養護学校の生徒の中では比較的軽い脳障害であり、十分伸びる可能性のある子である。しかし、お母さんともども病気がちであり家庭の強い希望もあって訪問指導を行なっている。教師の指示がある程度理解でき、言語もいくらか発することができた。食事も通常の食事を細かくしてやれば、自分で食べることができた。担当は、若いが訪問指導ではナンバーワンといわれる伊達知子先生であった。応援の長谷川武先生は養護学校の大学院を出て、二年目の先生である。体格がよく、柔道二段の腕前である。たいそう正義感が強く、頼りになる助っ人だった。

中村養護学校の子どもたちは一夜で健康状態が悪くなることがままある。だから、出発するまで健康状態が心配だったが、一週間にわたって家庭と連絡をとり合いながら健康観察を続け、昨日、佐藤ドクターの診察を受け、3人ともオーケーをもらったのである。

スクールバスに乗り込み、みんなに見送られて、栄治たち一行は元気に学校を出発した。松本さんは訪問指導対象の子であるので、バスに乗るのがよほどうれしいらしく、窓の外を食い入るように眺めていた。途中、渋滞にあったが、昼前にはディズニーランドに到着した。

驚いたことに駐車場に到着すると、すぐに先導車が入り口の近くまで案内してくれた。そこで3人の子どもたちは車いすに乗り換え、一行は元気に入場した。

平日だというのに、場内はごった返している。修学旅行と思われる中学生、高校生もいっぱいだ。ミッキーマウスやそのほかのキャラクターの出迎えを受け、3人は目を丸くして喜びの表情を見せていた。そして、人込みを縫うようにして一行はタワーに近づいていった。

歩いているうちに、栄治は次第に周りの人の視線が気になり始めた。特別のものでも見るような目つきの人がいるのだ。中でも、女子高生らしいグループは子どもたちをあからさまに見ては、お互いに視線を送りあい、ひそひそと話している。その会話の中に、

「気持ち悪いわね」

という言葉が聞き取れた。気まずい雰囲気が一行を押し包んだ。たまりかねて応援の長谷川先生は、宮本先生に代わって押していた藤井さんの車いすを宮本先生に戻して、女子高生たちに近寄ろうとした。長谷川先生は血相を変えている。ただならぬ気配を察した栄治は、

「長谷川先生、やめなさい」

と押しとどめた。一瞬、長谷川先生の険悪な気配にひるんだ女子高生たちは、肩をすぼめるジェスチャーをして、口々に何か言いながらその場を立ち去った。長谷川先生は興奮がまだ冷めやらないみたいだった。目は怒りに満ちている。

「校長先生、なぜ止めたんですか。あの娘たちにはがつんと言ってやらなければ分からないんですよ」

怒りをあらわにした長谷川先生をなだめる口調で、

「長谷川先生、好きの反対はなんだと思いますか」

と栄治は尋ねた。

「嫌いだと思いますけど……」

と、ぶっきらぼうに長谷川先生は答えた。

「私はね、好きの反対は無関心だと思いますよ」

「どうしてですか」

長谷川先生はけげんそうに栄治に尋ねた。

「恋愛に置き換えてみると分かると思いますよ。自分が好きな相手に振り向いてもらえないと、好きという感情がしだいに嫌いという感情になっていきます。でも、それは好きという感情が変形したものです。でも、時がたって全く相手のことが気にならなくなっていく。それが無関心になっていくことです。無関心ということほど怖いものはないのです。あの女子校生たちは少なくとも私たちの子どもに無関心ではなかった。でも、接し方が分からなかったんです」

長谷川先生はそれでも怒りが収まらなかった。

校内で人権担当の馬場先生が、

「校長先生にもおいおい分かると思うんですけど、障害者は冷たい目で見られることが多いんです。一九八一年以来、『完全参加と平等』を理念に国際障害者年の取り組みが国連によって十年間繰り広げられましたが、障害者理解はまだまだの感があります。私たち養護学校の関係者は障害者差別と戦っていくのも大切な役割だと思うんです」

そう言う馬場先生の声も震えていた。

中村養護学校の先生がたがなぜディズニーランドを選択しているのか、中に入って次第に栄治にも分かってきた。障害者に対する配慮がいたるところに見られるのだ。そのことを確信したのは救護室に行ったときのことである。

お昼を済ませ、三度目の水分補給をすることになった。竹下君と松本さんは、用意したポカリスエットをスプーンで飲ませるのだが、藤井さんの場合は、鼻から胃に管が通っているため、点滴をするようにして、管に飲み物を通していかなければならない。日ざしが強くなったので水分補給と休憩をするために救護室に行くことになった。

救護室に行って栄治は驚いた。看護婦さんらしいかたが数人いて、わけを話すとてきぱきと必要なものを用意してくれた。必要があれば、医師も呼んでくれるという。その設備と応対の的確さに驚いた。

驚くことは救護室以外にもたくさんあった。

トイレも、障害者用のトイレだけでなく、重度障害者のおしめの交換用の低いべッドも用意してあった。

どのイベント会場でも、障害者用の通路が用意してあり、一般の人とは区別してある。だから、炎天下で待つ必要がない。

外のパレードを見るにも、パレードが見やすい場所に車いす用のスペースが確保されている。

世界に先駆けて障害者法を制定し、障害者の社会への完全参加と平等を目指しているアメリカの影響がこういうところによく表れているのだと栄治は感心した。

見学の最中、松本さんのことで面白い発見があった。先生がたも、のどが渇いたので、オレンジジュースを買うことにした。竹下君はジュースが大好きなので一緒に買うことにしたが、藤井さんと松本さんは持参したポカリスエットを与えることにした。藤井さんは経管栄養だったので冷たいものはだめだし、松本さんは酸っぱいものは飲まないという母親の話だったのでそうしたのである。松本さんに担任の伊達先生が先ほどのように少しぬるくなったポカリスエットを飲ませようとしたが、先ほどまでのようには飲まない。そうしているうちに、先生がたのオレンジジュースが届いた。伊達先生は試しに松本さんに飲ませてみた。すると、松本さんはおいしそうにごくんごくんと飲んだのである。栄治たちは顔を見合わせてしまった。

松本さんが相手の話が分かるということは、栄治たちも知っていた。指示を出せば反応するからである。しかし、先生がたの会話を理解し、ぬるいポカリスエットを飲まず冷たいジュースを待つというかなり高度なことができるとはだれも思わなかった。松本さんの内面の広がりを見るようで、栄治はとてもうれしかった。

宿舎にて

午後3時ごろパレードを見て、ディズニーランドを出て宿舎に向かった。宿舎は東京である。障害者が泊まれる宿舎が近辺にないということであった。

宿舎に着いてからも、先生がたは大変だった。水分補給をしたり、おしめを替える。それが終わるとすぐに、夕食の支度にかかった。宿舎で作ってもらった夕食を松本さんには食べやすいように細かく刻む。竹下君は食べ物をのみ込むことができないので、ミキサーでどろどろに溶かしていく。藤井さんには、用意してきたクリニミールをスタンドに掛け、鼻に挿している管に接続するのである。その管がきちんと胃に入っているかを養護の先生が聴診器で確かめている。

お風呂に入れるのも一仕事だった。竹下君と松本さんは小がらなので先生が抱きかかえて入れたのだが、藤井さんはかなり体が大きいし、手足のこうしゅくが進んでいるので、先生が器具を使って湯舟に入れ、二人がかりで注意深く入れなければならなかった。お風呂から上がった先生がたは汗びっしょりだった。

歯磨きをすませ、いよいよ寝るときになった。先生がたは交代で不寝番をするのである。吸引の必要な藤井さんが、もし夜中に痰《たん》を絡ませたら窒息死するおそれがある。先生がたは交代で添い寝する形で藤井さんの寝息をじっとうかがっていた。

その様子を見ながら栄治は、

「家族の協力はあるんでしょうが、こういう世話をお母さんがやっているのだから、お母さんは休まる暇がないんですね」

と学部主任の宮本先生に聞いてみた。

「そのとおりですよ。藤井さんのお母さんがなさっていられることなど、私なんかとてもまねできないことです。『留美子の寝息の変化ですぐに目が覚める』とおっしゃっていました。自分の命を削って育てていられるんですね」

その言葉を聞きながら、あらためて家の方の苦労が分かったような気がした。

二日目はＮＨＫの放送センターの見学である。ＮＨＫは障害者のキャンペーンなども設け、番組でもかなり取り組んでいる。ところが、放送センターに行ってみて驚いた。放送センターはまず上の階にエレベーターで上り、上の階から見学しながら下りてくるようになっている。ところが、そのエレベーターが小さく、ベッド式の車いすが乗らないのである。しかたがないので、裏に回り、大道具を運ぶエレベーターで上に上がり、見学が始まったのである。トイレにもおむつ交換用のベッドがない。何とも割り切れない気分だった。

複雑な気持ち

修学旅行から帰って、栄治は金田先生に呼び止められた。

「校長先生、宿題はできましたか」

「はい。障害者に対する配慮だと思います」

「そうです。箱根にはうちの子のような重度の障害児が泊まれるホテルはないのです」

と聞いて、驚いた。

栄治は電話帳で箱根の旅館やホテルの電話番号を調べて、試しに順番に電話を入れてみた。

「こちらは横浜の養護学校のものですが、いま修学旅行の場所を検討しているところです」

と言うと、

「それはどうも。よろしくお願いします。どれくらいの人数ですか」

という返事が返ってきた。

「子どもは3人くらいです。子どもたちは重度の障害がありますので、全員が車いすを使用し、車いすで館内を移動します。食事は再調理が必要です」

そう告げると、急に口ぶりが変わった。

「申し訳ありませんが、車いすの設備が十分ではありませんし、食事は再調理には応じられません」

という返事が返ってきた。

「再調理は先生がたがやりますから」

と重ねて頼むと、

「衛生上の問題があるから、それはできないことになっております」

という返事だった。

他の旅館やホテルも似たり寄ったりの答えだった。

栄治はその返事を聞いて、何ともやりきれない気持ちだった。

タンポポみたいに

（美香へ……母より）

美香、私が体が弱く
おまえを　タンポポみたいに強く
生んでやれずごめんね
窓越しに
じっと外を眺めるおまえの瞳に
太陽が明るく映っている

きっとおまえはタンポポのように
自分の足で大地を踏みしめ
太陽に向かって精一杯背伸びして
ぐんぐん伸びていきたいのだろうね

美香　冬の寒さにじっと耐えて
春になったら　タンポポでなくていいから
おまえらしいかわいいかれんな花を
咲かせておくれ

花は咲く　きっと咲く
母さんはそれを信じて
楽しみに待っているよ

第六章　障害者差別

新聞記事

修学旅行から帰って以来、栄治は障害者に対する差別ということが気になってしかたがなかった。

学校に来る道でも、阪東橋の駅で地下鉄を降りたら、長い階段が待ち受けている。エレベーターもエスカレーターもない。駅前には、放置自転車が散乱し、歩道の段差も高い。もし、中村養護学校の子どもたちが地下鉄を利用して通うとしたら……考えるだけで、気が遠くなりそうだった。

「住みよい街に」というスローガンはよく聞くが、一体、だれにとって住みよい街なんだろうかという疑問が栄治にわき上がってきた。そして今までそういう視点で考えようともしなかった自分に腹が立った。

ある日曜日の朝、栄治は朝食を終え、ゆったりとお茶を飲みながら新聞に目を通していた。ある靴メーカーが新聞の一面を使った宣伝を見て栄治は驚いた。そこには大きく靴の写真があり、その横にキャッチコピーがある。そのキャッチコピーを見て思わず、

「あっ！」

と声を上げてしまい、危うくお茶をこぼしそうになった。そこには、

「歩くからこそ人間」

と書かれていたのである。

「では、中村養護の子どもたちは人間ではないというのだろうか」

と栄治は心の底から怒りが込み上げてきた。

次の日、そのことを人権担当の馬場先生に話すと、

「私も気になっていました。校長先生から教育委員会の人権担当課に連絡をしておいてくださいますか」

と言って、馬場先生は唇をぎゅっとかみしめた。

その日、教育委員会に行く用事があったので教育委員会の同和担当課に立ち寄り、相原部長に広告のことを話した。相原部長は、大きくうなずきながら、

「相手を靴でふんづけても、踏まれた人の痛みは分からないのと同じで、差別も、差別している人は差別されている人の痛みは分からないのです。すでに、新聞社の

ほうには抗議はしておきました」

とまゆをしかめながら話した。そして、

「島村校長先生、この記事を見てごらんなさい」

とファイルしてある新聞記事を見せてくれた。栄治は活字を追うに従って、自分の目を疑った。

生活保護者あざ笑う川柳
――福祉関連職員組織の機関紙に掲載――
89作品の半数以上　障害者団体などの抗議

全国の福祉関連職員の有志で組織する「公的扶助研究全国連絡会」の機関紙「公的扶助研究」に、生活保護受給者などへの偏見、差別を助長する内容があったとして、「障害者の生活保護を要求する連絡会議」など24団体は14日、同連絡会に対し謝罪と当該機関紙の回収などを求める抗議文を提出した。関係者は「弱者の側に立つべき人が、逆にあざ笑うような表現をすることは許せない」と訴えている。指摘されての隔月刊行の同紙の3・4月号に掲載されて「第一回川柳大賞」。作品を募集、担当者間で投票して順位を決めた形式になっており全部で89作品。内容は、生活保護受給者や母子家庭の暮らしを嘲笑するような作品が半数以上を占めている。

と記事は書き出してあり、作品が紹介されていた。

・訪問日ケース元気で　留守がいい
・金がないそれがどうしたここくんな
・やなケースいると知りつつ連絡票
・きこえるよ　そんなにそばに　こなくても
・ケースの死　笑いとばして　後始末
・救急車　自分で呼べよ　ばかやろう
・電話する　ひまがあったら　ふろはいれ

読んでいるうち、栄治は怒りで血管が膨らむのが分かった。中でも鳥肌が立ったのは、「休みあけ死んだと聞いてほくそえむ」という句であった。弱者を愚弄《ぐろう》しているとしか思えない。

「相原部長、ケースワーカーというのは障害者のいちばんの理解者でなければならないはずですよね」

「そうですよ。障害者を初め、生活保護を受けている人たちの窓口になっているのが、ケースワーカーですから」

「その人たちが、このような無神経な川柳を書くなんて信じられません」

栄治は声を震わせた。

「川柳というのは、権力者に対して、しゃれで抵抗するところに意味があると思います。それが、弱者に矛先を向けるなんて許せません」

そう栄治が言うと、

「行政に勤める者がこんなこと言うのはおかしいけど、日本の障害者理解が進まないのは行政の責任が大きい。この前、フィンランドに旅行した友達がいるんだけど、その人がフィンランドの街を歩いて多くの障害者を目にして、最初『なんて障害者が多い街だろう』って思ったそうです。でも、それは間違いで、障害者がどんどん街に出ていることに気づいたというのです。障害者が安心して出かけられる街のシステムになっているのでしょう。アメリカでは世界に先駆けて障害者法が制定されて、公共の建物だけでなく、レストランなども障害者のための施設・設備を設けることが義務づけられました。日本はまだまだです。島村校長先生、養護学校から障害者差別の実態をみんなに話してください。私たちもできるだけの支援はします」と相原部長は栄治の手を握った。相原部長のメガネの奥の瞳が鋭く光っていた。

原田さんの怒り

その記事を目にして数日後、ＰＴＡ副会長の白井さんから栄治に電話があった。栄治と低学年グループの先生に原田さんのことで聞いてもらいたい話があるということだった。

二年生の原田圭ちゃんは脳性マヒの子である。肌の色が透き通るほど白く、目がくるっとして、カールした髪がとてもよく似合うかわいい女の子だ。喜怒哀楽の表情を見せることが少なく、そのつぶらな目でじっと上を見つめていることが多い。

それがおすましの表情に見えることから、だれ言うとなく「おすまし圭ちゃん」という愛称がついた。圭ちゃんはシャボン玉が大好きである。空き缶に入れたシャボン玉の液を吹いて飛ばすのであるが、飽きることなくいつまでも続けている。まるでシャボン玉と会話しているようだ。

圭ちゃんには最近大きな変化が見られた。それは、スプーンを自分で持って食べ始めたことである。それまでは、圭ちゃんはスプーンを持つことはできたが、食べ物を自分で食べようとはしなかった。それどころか、担任の坂田先生がスプーンを口に持っていくと嫌そうな顔をして食べるのを拒んだ。それでは栄養が取れないので、坂田先生は根負けしてほ乳びんで栄養を与えた。ほ乳びんをくわえると、赤ちゃんがするように寝っころがってチューチューとほ乳びんの乳首を吸った。家でも、学校でもスプーンを持って食べる訓練を試みたが、いっこうにやる気が見られず、まさしくさじを投げた感があった。

ところが、先日、昭和医大の山口ドクターが中村養護学校に見えて、摂食指導をされた。山口ドクターは圭ちゃんの様子を見ると、圭ちゃんを抱っこして口のあたりを優しくマッサージし始めた。そして、圭ちゃんにやさしく話しかけながらそのマッサージを行なった。そのマッサージは入念で長い時間かかった。

「さあ、圭ちゃん、食べてごらん、おいしいよ」

そう言って、スプーンを口に持っていくと、なんと圭ちゃんはゴクリと食べ物をのみ込んだのである。それを見て、山口ドクターは、

「すごいぞ、圭ちゃん。さあ、もう一口どうぞ」

とスプーンを口に持っていくと、圭ちゃんは何の抵抗もなく当たり前のように食べた。これには坂田先生もびっくりして、山口ドクターに、

「先生、マッサージはどういう意味があるのですか」

と質問すると、

「圭ちゃんのような子はね、口の周りの筋肉が固くて、口が開かない場合があるのです。だから、マッサージをして口の周りの筋肉をほぐしてやったのです。単に筋肉をほぐすだけでなく、話しかけて精神的な緊張もほぐしてやることが大切ですよ」

と教えてくれた。

食べ物をのみ込むことを嚥下《えんげ》と呼ぶ。嚥下ができるようになることは養護学校の先生がたには大変うれしいことである。まさに、生きる力のもとになるからである。

圭ちゃんは、嚥下《えんげ》がしっかりできるようになったことは何よりうれしいことだった。給食の時間、圭ちゃんが食べ物をゴクリとのみ込むのを見るにつけ、栄治はうれしさが込み上げてきた。「本校は『生きる勉強』をしているのです」と栄治の勤務最初の日に聞いた横山副校長の言葉の意味がこのごろ大分わかってきた。

原田さんのお母さんはご主人と二人で食堂を営んでいる。ところが、無理がたたったのか、ご主人が先日脳梗塞で倒れて入院してしまった。栄治は低学年グループの先生がたと一緒に見舞いに行ったばかりである。命に別状はないが、仕事に復帰するのは時間がかかるだろうという医者の診断であった。だから、圭ちゃんのお母さんは今一人で圭ちゃんの世話やお店の切り盛りでてんてこ舞いのようであった。「看病疲れでお母さんが倒れられないといいんだが……」と栄治たちは心配して帰ってきたばかりである。

電話があって1時間ほどして、白井さんが原田さんを伴って校長室に見えた。見えるなり、

「先生がた、原田さんの話を聞いてあげてよ。もう、腹が立つ!」

と白井さんが息まいて言った。

「どうしたんですか、何かあったんですか」

栄治が尋ねると、

「原田さん、先生がたに聞いてもらいなさい。さあ、さっき私に話したことをきちんと話しなさいよ」

と白井さんに後押しされて、観念したように原田さんは話し始めた。

「先生がた、この前は主人のお見舞い、ありがとうございました。悪いことは重なるもので、一昨日、秋田にいる私の母も主人と同じ病気で倒れて入院したと父に電話で聞かされました」

「えっ。それで、どんな状態なんですか？」

低学年主任の山川先生が意気込んで聞くと、

「幸い命に別状はないらしいので安心しました。でも心配ですので見舞いに秋田に行くことにしました」

と涙声で原田さんは言った。

「主人があんな状態ですので、施設にショートステイをお願いするしかありません。ですから、地区にある児童相談所に行ったんです。ケースワーカーの上田さんが対応してくれました。事情を話し、手続きが済んで相談所を出ようとしたとき、『あんたも大変ね。圭ちゃんはいつまでたっても植物人間同様だもんね』という言葉が私の背中に突き刺さりました……」

そこまで話すと嗚咽《おえつ》が込み上げてきたのか、原田さんの話がとぎれてしまった。

「ね、ひどい話でしょう。さあ、原田さん、がんばって続きをはっきり話しなさい」

そう白井さんに促されて、原田さんは小さくうなずいて話を続けた。

「『植物人間』という言葉を聞いて、背中にひやりとした冷たいものを感じました。植物人間と言われる人も病気と必死に戦いながら生きているんです。家族の人も一生懸命戦っていると思います。だから、上田さんの一言が許せませんでした。

それに、圭は植物人間ではありません。このごろいろんなことができるようにもなりました。

『あんた、どんな気持ちで植物人間と言ってるの。圭のことどれだけ知っているの！』と叫びたい気持ちを必死で抑えて相談所を出ました。上田さんの言動には今までも疑問を感じることが多々ありました。でも、そのことを言うといろんな便宜を図ってもらえず意地悪をされはしないかと心配で、口をつぐんでしまうんです。

そんな自分が情けなくて思いあまって白井さんに電話してしまったんです」

そう言うと、大粒の涙がこぼれ落ちた。

「ひどい話ね。私、絶対許せないわ」

圭ちゃんの担任の坂田先生は身を震わせんばかりに怒っていた。

「そうよ。上田さんには大勢の人が泣かされているのよ」

いつも温和な上村先生だが、珍しく声を荒らげて坂田先生に呼応した。

「校長先生、学校としてもガツンと上田さんに言ってやってくださいよ。上村先生がおっしゃるとおり、上田さんの無神経な言動にはみんな泣かされているのです。お願いしますよ」

と白井さんが続けた。栄治は大きくうなずき、

「わかりました。早速児童相談所に出向いて不用意な言動は慎むように所長さんを通じて言ってもらいますよ」

と約束した。

白井さんと原田さんが帰った後、先日目にした差別性の強い川柳のことが思い出され、栄治はぎゅっと握りこぶしに力を入れた。

翌日、栄治は教務主任の金田先生を伴って児童相談所に出かけた。その道すがら金田先生に作業所の「朋」の建設の過程を聞いてみた。

「金田先生、作業所の『朋』は中村養護のＰＴＡのかたが作られたというのは本当ですか」

「ええ、本当です。中村養護学校のように、重度の障害がある子どもたちのための作業所はありませんでした。思いあまった保護者の数人は自分たちで作業所を作ることを決心しました」

「作業所というのはどういうことをするのですか」

「例えば和紙を染めてそれでティシュ入れを作ったり、しおりを作ったりしました」

「でも実際にはうちの子どもたちにはそのような作業は無理でしょう」

「もちろん、子どもたちのほとんどが作業はできないのですから、お母さんたちが作業をするのです」

「その間、子どもたちはどうしているの？」

「作業所でお母さんがたが交代で世話をするのです」

「それで『朋』の運営はうまくいったの？」

「作業所を立ち上げるにはお母さんたちだけでは厳しい面もありました。ですから、中村養護の母親教室で非常勤講師をやっていられた浦上先生に応援を求めました。浦上先生が本腰を入れてやってくださったおかげで『朋』ができたのです」

「聞くところによると、最初はアパートを借りてスタートしたらしいですね」

「そうです。一階を子どもたちの部屋にして二階を作業場にしたのです」

「しかし、それではアパートの家賃も出ないでしょう」

「市から一人当たりいくらという助成金が出るのです」

「なるほどね」

「続けているうちにどんどん入る人が増えて、家を一軒借りたのですが、そこにも収容できなくなりました」

「それだけ需要があったわけですね」

「そして、いよいよ本格的な作業所『朋』の建設計画が持ち上がりました。ところが、地元から反対の声が上がったのです」

「どうして？」

「障害児が何をするか分からないというのです。腹が立ったのは、土地の値段が下がるという根も葉もないうわさが流れたときです」

「それはひどい」

「私たちも必死で地元のかたを説得して回りました。うれしいことに積極的に支援してくださるかたもいられたということです。そのかたがたのおかげで鉄筋二階建てのりっぱな『朋』ができたのです」

「今はトラブルはないの？」

「地元にすっかり溶け込み、パンやクッキーが特に評判がいいようです」


そんな話をしている間に児童相談所に着いた。あらかじめ、電話を入れておいたので、所長さんが上田さんと一緒に待っていてくれた。昨日の原田さんのことで栄治が抗議すると、所長さんは、

「大変申し訳ないことをいたしました。職員には相手への気遣いをするように常日ごろ話していたつもりですが、徹底していなかったようです。もう一度みんなで研修し直したいと思います」

と苦しそうにわびた。それに続けて上田さんは、

「私は原田さんを気づかって言ったつもりでしたが、指摘されて初めて原田さんを傷つけていたのだということが分かりました。大変申し訳なく思っています。原田さんが秋田から戻られたら、すぐに会っておわびします」

と神妙な顔でわびた。

「ほかにも嫌な思いをされているかたがたくさんいられんですよ。どうか自分の言動にはもっと気をつけてくださいね」

と金田先生は厳しく釘を刺した。

その帰り道、栄治は金田先生に、

「ほかの保護者の中にも差別を受けていられるかたがいるんだろうね。私たち職員も、聞かせていただきたいね」

と話した。金田先生は、

「ぜひそういう会を近いうちに持ちましょう。校長先生も、村田幸代さんの死から立ち直ってすっかり元気になられましたね。安心しました」

と言った。

路傍のヒマワリが燃えている気がした。

保護者会で

このことがあって、教務の提案で、障害者差別についての研修会を保護者と一緒に持つことになった。夏休み前に保護者会を利用してその会は開かれた。各学級で連絡事項があった後、教務主任の金田先生の司会で障害者差別にかかわる話し合いが持たれた。

「今日は障害者差別について、研修会を持ちます。まず最初に校長から話があります」

という金田先生の発言を受けて、栄治は、先日原田さんの地区の児童相談所に行き、所長さんの立ち会いのもと上田さんに抗議したことの報告をした。そして、

「今日は、障害者に対する偏見や差別について、ぜひ率直に話してもらいたいと思います。それを聞いて、学校でもできることがあったら取り組んでいきたいと思います」

と、その日の主旨を話した。

すると、小学部六年の木戸栄子さんのお母さんが口火を切った。

栄治は全神経を耳に集中して話に聞き入った。

「毎年夏休みは長野の主人の実家にみんなで行くんだけど……栄子のおじいちゃんも、おばあちゃんもそれはそれは栄子をかわいがってくれるんです。でも、隣近所の人が来ると、ふすまを閉めて栄子を隠してしまうの。お客さんが帰ると、ふすまを開けながら、『申し訳ないね。隣近所の口がうるさくってね』と申し訳なさそうにおばあちゃんがわびるんです。それがせつなくて…。やはり田舎では障害者が生まれると前世のたたりというらわさが広がるらしいんです」

そう言って、木戸さんはぎゅっと唇をかんだ。

今年から訪問指導になった近藤君のお母さんが後に続いた。

「私、医療関係の人に強く言いたいの。うちの子、今年の冬に呼吸困難に陥って病院に行ったの。『大丈夫ですよ。気管切開をするとすぐに楽になります。手術の同意書をすぐ書いてください』と言うものだから、わけも分からず同意書を書いたの。手術室から出てきた大輔を見てびっくりしたわ。のどにシャンテが挿入されているんだもの。おかげで大輔は学校にも行けなくなって訪問指導になったし、外にも出れなくなったの。詳しく聞かなかった私も悪いんだけど、もう少し詳しい説明をしてほしかったわ」

そう言う近藤さんは涙声だった。

西房江さんのお母さんの話はみんなを驚かせた。

「春先のことだったけど、今でもそのことを思い出すと怒りが込み上げてくるの。うちの房江は訪問指導を受けているでしょう。体が弱いからあまり外に出ることがないの。でも、その日は体調も良く、すごく暖かな日だったので近くの公園にバギーに乗せて出かけたの。すると、房江のバギーに3、4歳くらいの男の子が近寄ってきて、房江の顔をじっと見ているの。鼻からチューブを入れているので、その子には不思議だったのでしょうね。『こんにちは。ぼく、いくつなの?』そう私が話しかけていたら、その子のお母さんらしい人が髪を振り乱して駆けてきて、『その子のそばに寄るんじゃない! 病気がうつったらどうするの!』と言うなり、腕が抜けちゃうんじゃないかと思うほどその子の腕を引っ張り連れ去ったの。私、その場で固まってしまったわ。いくらなんでも、人にうつるような病気なら外に出しませんよ」

そう言う西さんの顔はひきつっていた。

「ひどい!」「私なら取っつかまえて殴っちゃうわ」「無神経な人ね」

などというつぶやきがあちこちから聞かれた。西さんの話をきっかけに、白い目で見られた経験が次々に出てきた。

「公園に子どもを連れていくと、じろじろ見られて嫌だわ」

「私は子どもをプールに連れていったら、断られたわ」

「タクシーに乗るとき、運転手に嫌な顔されるの」

栄治は聞いているうちに、体が震えるほどの怒りを覚えた。

「せっかくの機会ですから、学校側への要望をお聴かせください」

金田先生が話題を変えると、一瞬会場が静まり返った。

その静寂を破り、

「校長先生にお尋ねしていいですか」

四年生の塚田勇君のお母さんが気色ばんで栄治を見て言った。

「ええ、どうぞ」

栄治はにこやかに答えた。

「校長先生、本気でこの学校の問題に取り組んでくださるのですか」

「もちろん、そのつもりですが。それが何か……」

「校長先生たちの転勤は早いですよね。今までも、一年か二年間いたら転勤というケースが多かったですよね。ですから、島村先生にはこの学校に長くいてもらって、いろいろな問題に私たちと一緒に取り組んでほしいのです」

「人事のことは私には分かりません。私が今約束できることは子どもたちのためになることだったら、全力を尽くすということです。どうか、率直に要望を出してください」

栄治は真剣にみんなに話しかけた。すると、おずおずと中学二年生の石田昭二君のお母さんが手を上げた。石田君の家は子どもが多く、お母さんは苦労されているらしい。髪が真っ白であり、年齢以上に老けて見えた。

「うちの昭二はいちばん先にスクールバスに乗ります。乗るのが8時です。それから、みんなのところを回っていくので、学校に着くのが9時過ぎです。道路が混むと9時半過ぎます。健康な体でも、バスに2時間も揺られるということは大変です。どうかバスを増やしてくださいよ」

栄治が予想したとおりスクールバスの増車のことが真っ先に出された。切実な問題である。実は、スクールバスの増車はすでにめどが立っていた。栄治は、何度もスクールバスに乗り込み、実態を調査した。道が混むときは2時間以上かかる。そのデータを持って養護教育総合センターに中村養護の事務長と一緒に何度も出かけた。係の返事は、「スクールバスは座席数が足りているので、当分増車には応じられない」というものだった。「何かあってからでは遅いのですよ。人命にかかわることだから、何とかしてほしい」と事務長と食い下がった。「実情を見に行く」という返事があった。「校長先生、これで増車は決まったも同然ですよ」と事務長が言ったとおり、増車の内定通知が出た。

「スクールバスの増車はまだ本決まりではないのですが、実現の方向に進んでいます。もうしばらくお待ちください」

と栄治が言うと、どよめきが起きた。

続いて藤井留美子さんのお母さんから、

「うちの留美子は中学三年で、今年が卒業です。かなり、病状が悪化しているので、上菅田の肢体不自由養護学校の高等部に通うのは無理です。近所の作業所を当たっているのですが、受け入れてくれるところが見つかりません。高等部ができるとうれしいのですが……」

という要望の声が出され、みんな大きくうなずいていた。

中村養護学校を初め、ミニ四校には小学部、中学部だけで、高等部がない。他の養護学校はすべて高等部が設置されている。中村養護の卒業生は、高等部のある養護学校に行くことになるが、通学距離の問題や、ケアーの問題で、二の足を踏むのが現状だった。ミニ四校で結成している高等部設置委員会は、先生がたも、PTAも真剣に取り組んでいるのだが、なかなか進まない。中村養護の子どもたちは藤井留美子さんのように障害が重度だけに、他の養護学校の高等部にもなかなか行けないし、作業所にも入れない。だから、本当に高等部が必要なのは、重度重複障害児だと栄治は思った。

最後に、

「今日はありがとうございました。皆様の本音が聞けてよかったと思います。学校側でも、スクールバスを増車することを働きかけています。このことについては確かな感触を得ています。これからも実現に向けて努力します。高等部の問題は、ミニ四校がPTAもまじえて取り組んでいますが、なかなか進展していません。あきらめず息長く取り組んでいきましょう。そのほかにも、今、私たちが力を入れているのは自校給食のことです。現在は、中村小学校で給食を作り、それを本校で再調理しています。でも、本校の子どもたちには少し油分が多いのが気になります。自校で給食ができることになると、本校の子どもたちの実態に合った給食ができると思います。それから、中村小学校にエレベーターを設置してもらえないかと要望しています。それは、中村小学校の子どもたちは本校に来てくれますが、本校の子どもたちが中村小学校を車いすで訪れるのは困難です。今は相手にしてくれませんが、横浜市が交流を大切に考えるのなら設置すべきだと私は思います。これらのことは、どれ一つ簡単なものはありません。しかし、ＰＴＡと手を取り合って実現に向けて進んでいきましょう。よろしくお願いします」

栄治はそうあいさつをした。

あいさつを終えて、

「そうか。今まで何ゆえ私がこの養護学校に赴任したかが疑問だったが、ようやく分かった。中村養護の子どもたちや保護者が私を呼んでくれたんだ。全力を挙げて、これらの課題に取り組もう」

と決心した。

校庭のアブラゼミの声が急に激しくなった気がした。

おすまし圭ちゃんのメッセージ

透き通るようなすべすべの肌
けがれを知らぬ澄んだ瞳
大好きな若葉色の服で身を包み、
ショートカットの髪をカールして、
顔をちょっぴり上に向け、
今日もおすましを決めこむ圭ちゃん

今日もコーヒーの空き缶に入れた
大好きなシャボン玉を
ほっぺをふくらませて真剣に飛ばす

虹色の大きいシャボン玉、小さいシャボン玉が
次々に空をめざす。

「なんで、みんなは私のことを変な目で見るの」

「なんで、みんなは私のことを哀れみの目で見るの？」

「どうしてみんなは私たちのことを差別するの？」

シャボン玉がはじけるとき、
圭ちゃんの声で小さなつぶやきが
私には聞こえてくる

第七章　はい、それは心です

夏休み

もう数日で夏休みも終えようとしている。この夏休み、栄治にとっては「これから、この中村養護学校の校長として自分が何をしていくのか」ということをじっくり考えるうえで貴重な休みだった。振り返ってみると、まことに目まぐるしい一学期であった。時間の渦の中に巻き込まれ、自分を見失ってもがいていたような気がする。休みを利用して栄治は県外の病弱の子のための学校を視察した。また、市内や県内の養護学校の校長先生と話す機会がたくさん持てた。中でも、全国の肢体不自由児養護学校のＰＴＡの研究協議会に参加したことは大変有意義であった。開会に当たり、全国肢体不自由児養護学校のＰＴＡ会長は次のような主旨の話をした。

「国際障害者年が一九八一年から国連の呼びかけで始まり、一九九一年まで十年かけて取り組んできました。しかし、障害者理解はまだまだの感があります。ある大学の先生が、二〇〇〇名の学生を対象に『障害者と聞いて連想することを書いてほしい』というアンケートをとったところ、『かわいそう』という答が圧倒的に多く、『不自由、不便、不都合、不幸』などというマイナスのイメージが80パーセントもあったそうです。『優しい、根性がある、粘り強い』というプラスのイメージの解答も

18パーセントありましたが、これとても、マイナスのイメージを逆にしたものであり、この教授が書いてほしかった『障害は個性である』というとらえはわずか2パーセントに過ぎなかったと報告しています。障害者に対する一般の人たちの無知は偏見を生みます。その偏見が私たちへの差別となって現れているのです。ですから、私たちは内にこもるのではなく、積極的に外に出て障害者理解を進めていきましょう」

このPTAの会長のあいさつや研究協議会から、栄治は校長として自分は今後どういうことに取り組んでいくかについてじっくり考え、三つの結論を出した。

まず最初は、佐藤ドクターが教えてくれた「子どもたちにとっていい刺激とは何か」ということについてである。栄治が出した結論は、「交流教育をもっと強力に推し進めていく」ということである。中村養護学校は中村小学校といろいろな形で交流をしている。そのとき、中村養護学校の子どもたちは一様にいい表情を見せる。「私たちも一生懸命子どもに接しているのに、中村小学校の子どもにはとてもかなわない」と養護学校の先生に言わせるほどである。だから、休み時間の交流や行事の交流だけでなく、授業を通した交流、給食交流などいろいろな交流を進めていくことにした。

また、中村小学校との交流だけでなく、他校との交流や、地域との交流をもっと推し進めていくことであった。

二点目は、障害者差別をなくすために障害者理解を進めていくこととした。障害者理解を進めるためには、通常の学校のPTAのかたを積極的に受け入れ、子どもたちの様子を見てもらったり、栄治が講演をしに出かけることにした。

三点目は、中村養護学校の抱えている課題に保護者とタイアップして積極的に取り組んでいくということであった。当面、大きな課題は、スクールバスの増車であり、自校給食の実現、高等部の設置、中村小学校との交流のためのエレベーターの設置等の課題があった。

子どもたちのいないがらんとした校舎を見回りながら、全校遠足のときの写真が目に留まった。子どもたちは思い思いのポーズで写っている。その子どもたちに、

「この学校に私を呼んでくれてありがとう」

と栄治はつぶやいた。

二学期が始まる

二学期の始業式の日が来た。栄治は久しぶりに登校してきた子どもたちを心からの笑顔と握手で出迎えた。口には出さなかったが、「よく暑さに耐えたね。偉いね」と心から賞賛を送っていた。通常の学校では夏休みが終わると、子どもたちは驚くほど日に焼けているし、体も大きくなっているのだが、中村養護学校の子どもたちはそれほど体が大きくなったとは思えなかった。しかし、どの子もどことなく成長したことが感じられてうれしかった。顔つきも大人びてきたような気がした。

中でも佳代ちゃんは久しぶりの学校がうれしくてたまらないらしく、大はしゃぎだった。先生の姿を見ると、どの先生にも口癖の「かっこいい！」を連発していた。体調を崩して入院していた原田圭さんも元気に登校してきた。スクールバスから降りると、いつものように、視線を上にやり、おすましのポーズをとった。髪がショートカットされており、ますますお人形のようにかわいらしかった。

こうして残暑が厳しい中、二学期が始まった。

運動会の練習

9月の半ばになると、運動会の練習が始まった。中村養護学校と中村小学校は合同で運動会を行う。今年は9月30日の日曜日に決定した。

運動会練習期間中は、暑さのため体調が急変することがあるので、養護学校の先生がたは神経質になっていることが栄治にはよく分かった。

今日も3時間目に中村小学校と中村養護学校の合同のリズム練習があった。9月の半ばというのに、校庭には強い日ざしが照りつけている。今年の残暑は特にひどいように栄治には感じられた。校庭にはアブラゼミの鳴き声に混じって、ひぐらしの鳴き声が聞こえてくる。

練習風景を見ていた栄治の目に、三年生の吉田真理ちゃんの車いすを中村小学校のボランティアクラブの子が懸命に押している姿が留まった。真理ちゃんは重度の脳性マヒで、自力で歩行することも、言語を発することもなかった。それだけでなく、食事も、自力でとることができず、管を通じての経管栄養だった。真理ちゃんは投薬のせいなのか、このごろ完全に昼夜逆転現象を起こしている。生活のリズムが、昼と夜で逆転しているのである。

休憩時間になったので、栄治はその子のそばに行って、

「あなたの学年とお名前教えてくれる？」

「五年生の渡邊奈津子といいます」

「真理ちゃんは練習のときいつも寝ているけど、渡邊さんは、とっても一生懸命真理ちゃんの車いすを押してくれているね。押すときにどんなことを考えているの？」

と栄治は渡邊さんに聞いた。渡邊さんの額に汗がにじみ出ている。

「私、最初は真理ちゃんの車いすを押すのは嫌でした。だって、ほかの子はお話をしたり笑顔で練習しているのに、真理ちゃんは寝てばかりいるんだもの。つまらないからそのことをうちに帰ってお母さんに話したら、お母さんは怖い顔をして、『奈津子、そんなことというものじゃありません。真理ちゃんは障害に負けず懸命に生きているのよ。真理ちゃんの顔をじっと見てごらん。あなたにもきっとそのことが分かるはずよ』と話してくれました」

「それで、あなたはどうしたの？」

「私、次の練習のとき、真理ちゃんの顔をじっと見ました。そうしたら、お母さんの言ったことがよく分かりました」

「どんな風に？」

「うまく言えないけど、『ああ、夢の中で一生懸命練習しているんだな』と思ったんです。だから、真理ちゃんに心の中で『だれにも負けないように演技しようね』と言ったんです」

その話を聞きながら、栄治は子どもたちは交流を通して学び合っていることをあらためて感じた。

朝会

「今日は、島村校長先生が、中村小学校の子どもたちに朝会で話す日です。先生がたは運動場に集合してください」

と校内放送で、横山副校長のインフォメーションがあった。中村養護学校の校長は、時々中村小学校の朝会に呼ばれて話をするときがある。9月の三週目が、栄治が中村小学校で話す日である。

栄治は朝礼台の上から中村小学校の子どもたちを見回し、

「ねえ、みんな、養護学校の子と中村小学校の子と違うところがたくさんあるでしょう。例えば、かけっこができないとか、お話ができないとか……。でも、同じところもあるよね。どんなことか話してくれる？」

と問いかけた。すると一斉に手が上がった。栄治はいちばん前で元気に手を挙げている子を指名した。

その子は、栄治がよく知っている一年生の山崎幸治君だった。

幸治君は、日ごろから中村養護学校の低学年の教室によく来てくれて、マッサージを手伝ってくれたり、遊んでくれたりする。

そんな幸治君だったから、幸治君がなんと答えるか興味津々だった。幸治君を朝礼台に呼び、

「名前教えてくれる」

とマイクを向けると、

「一年、山崎幸治です」

と元気に答えた。

「幸治君は中村養護学校の子と中村小学校の子の同じところはなんだと思いますか」

と栄治が問うと、幸治君は、はっきりした声で、

「はい、それは心です」と答えた。すると一斉に拍手が起きた。

「ねえ、幸治君。どうしてそう考えたの？」

栄治がにこにこしながら尋ねた。すると、幸治君は、

「僕、中休みに養護学校によく行くんだけど、話しかけるとお話はできないけど笑顔でこたえてくれるの。だから、心が通じているのだなと思います」

「みんな、山崎君の言ったこと分かる？」

栄治がみんなに尋ねると、こっくりとうなずいている子が多かった。小さいころから障害児と生活することの大切さを、この朝会を通して栄治は実感として分かった。

カルタ取り

中村養護学校と中村小学校はいろいろな交流をしている。中休みの交流も盛んだ。運動会も近い日、六年三組の子どもたちが低学年の教室に交流に来てくれた。栄治は交流の様子を見に行った。学級会で話し合い、カルタ取りをすることに決まったそうである。養護学校の子どもたちが見やすいように、一つ一つの絵札が八つ切り

の画用紙に、大きく描いてある。みんなで手分けして作ったそうである。さらに、養護学校の子どもたちが先生と一緒に札が取りやすいように、長い竹の棒の先に手の形をした紙を取り付けたものまで用意してある。いよいよ読み手がカルタを読み始めた。栄治は、中村小学校の子どもたちがどこかで手心を加えるのだとばかり思っていた。ところが、六年生の子どもは夢中になって札を取っている。いくら養護学校の先生が一緒になって取るといっても、取るまでに時間がかかる。だから、圧倒的に六年生が取ってしまった。すると、リーダー格らしい男の子がみんなに向かって、

「これじゃ面白くないよ。もう一度やろうよ」

と言った。栄治は、

「もう少し待ってあげようよ」

と提案するのだと確信した。

ところがその子は、

「読み手が読んだら、みんなは三つ手をたたいてから取ろうよ」

と言い、みんなの賛同を得た。

二度目の試合が始まった。養護学校の先生たちも真剣だ。竹の棒を養護学校の子どもと一緒に握り、夢中で札を取った。今度は、同じくらいの数が取れた。六年生は口々に、

「面白かったね」

と言いながら、満足して帰っていった。栄治は、六年生の子どもたちの知恵に感心した。あの子たちは、養護学校の子どもたちがかわいそうだからといって手心を加えることはしなかった。手を三つたたくことによって、条件を同じにして戦った。共に生きるための知恵なのだと思った。

運動会本番

運動会当日の9月30日は朝からよく晴れていた。

朝の打ち合わせで、横山副校長は、

「今日は暑くなりそうだから、水分補給はこまめにしてください」

と先生がたに指示を出した。スクールバスで到着した後、先生がたは子どもたちに十分水分を補給してから、入場行進のため入場口に急いだ。

そこには渡邊奈津子さんも待っていてくれて、すぐに真理ちゃんの車いすを押してくれた。中村小学校の入場に続いて、中村養護学校の入場が始まると、観客席から大きな拍手がわき上がった。小学部五年生の松田君と中学部一年の井田君は担当の先生に手を引かれ、徒歩で参加した。井田君は、足に補装具をつけ、転んでも危なくないようにヘルメットをかぶり行進した。ほかの子は、中村小学校の子どもに車いすを押してもらって、入場行進をしている。

開会式が始まった。中村小学校の六年生の代表が聖火を模したトーチを持って入場してきたので大きな拍手がわいた。聖火台にトーチを近づけるとすずらんテープで作ったと思われる炎が出てきた。観客から笑いが起き、なごやかな雰囲気が漂った。次に運動場の真ん中に、養護学校の先生がたが大きな箱を運びこんだ。養護学校の子どもたちは、赤白に分かれて、その箱についているひもを引っ張りふたを開けた。すると、中から色とりどりの大きな風船が一斉に出てきて大空目がけて飛んでいった。わーっと歓声とどよめきが起きた。

養護学校の子どもたちと、中村小学校の子どもたちの合同のリズムが始まった。三年生の真理ちゃんの車いすを渡邊奈津子さんが押してくれている。栄治はかたずをのんで二人を見守った。昼夜逆転している真理ちゃんは、車いすの上でいつものように寝ている。真理ちゃんの車いすを押す渡邊奈津子さんは、真剣そのものである。車いすを押しながら、真理ちゃんに声をかけている。

「真理ちゃん、始まったよ。前に出るよ。左に曲がるよ。次は、右。バックするよ」

その声かけは踊りが終わるまでずっと続いた。

踊りが終わった。渡邊奈津子さんは流れる汗もふかず、

「さあ、真理ちゃん、終わったわよ。よくがんばったね」

と真理ちゃんに声をかけた。栄治は奈津子さんを抱きしめてやりたい衝動にかられた。

中村養護学校の団体競技は、「金太郎とハイジにへんしーん！」だ。ベニヤ板に、白組は栄治、赤組は横山副校長の似顔絵が描かれており、そこに衣装をつけていくのである。栄治は足柄山の金太郎に、横山副校長はアルプスの少女に変身させるのだ。笛の合図で、車いすに乗った中村養護の子どもたちが先生がたに手伝ってもらいながら、順番にそれぞれの衣装をとり、張りつけていく。接戦であるが、白組がややリードしている。白組のアンカー井田君にアンカーたすきがわたった。続いて、赤組のアンカー松田君にたすきがわたる。松田君はアンカーたすきを受け取ると、

井田君を懸命に追い始めた。中学部一年の井田君は足元がおぼつかない。おぼつかない足で、歯を食いしばって一歩一歩ゴールを目指す。松田君も「オー、オー」と声を出しながら後に続く。中村養護のお母さんがたは、声を限りに二人に声援を送った。そのうち、中村小学校の保護者席から、

「がんばーれ！　がんばーれ！」

と手拍子が始まった。中村小学校の子どもたちも、手拍子に合わせて声援を送り始めた。その手拍子に合わせて、まるで吸い寄せられるように、二人はゴールに近づいていく。そして、二人はほとんど同時にゴールした。場内は拍手に包まれた。そして、その拍手はしばらく鳴りやまなかった。

一陣の涼しい風が運動場を吹き抜けていった。

がんばれ、井田君

あなたは大きな目でぐっと前をにらみつけ
補装具をつけた足で
ガシャッガシャッと歩を進める

意地悪な小悪魔が、背後から忍び寄り、
君の背中を力一杯押す。
どっと倒れる君を見て
小悪魔は不敵な笑いを浮かべる。

全身あざだらけのあなたは
倒れても倒れても
歯を食いしばり立ち上がる

その姿には崇高さすらただよう

慌てなくてもいいよ
のろくてもいいよ

新雪に足跡を残すように
私たちの心の中に、
しっかりとあなたの命の歩みを刻んでほしい

がんばれ井田君

第八章　心に残る言葉

正夫君との出会い

木村正夫君は小学部五年生だった。中村養護学校の子どもたちは体が大きくないが、中でも木村正夫君は小がらだった。四年生までは、元気にスクールバスで通学していたが、四年生の後半から健康状態が悪化し、しばしば呼吸困難に陥った。そこでやむなくのどを切開し、シャンテを挿入した。その手術の影響で急速に体力をなくし、入退院を繰り返すようになった。保護者はしかたなく通学から訪問指導を希望することになった。訪問指導とは、健康状態が悪いため学校に通ってこれない子に対して養護学校の先生がその子の家庭に出向き、指導するのである。中村養護学校にも4人の訪問指導対象の子がいたし、ほかのミニ養護にもそれぞれ3、4人の訪問対象の子どもがいた。

訪問指導の回数は、当然のことながら、その子の健康状態によって回数は違ってくる。正夫君は、週2回が指導日だった。しかし、体調を崩すことが多く入退院を繰り返すので、訪問指導を受けられないことも多かった。呼吸不全におちいりやすいため、のどに穴を開け、気管支に管を挿入し呼吸を確保する手術を四年生のころ受けていた。この手術を受けると、生活にいろいろな支障が出てくる。まず困るのが、痰《たん》が絡まったとき、痰を切るということである。通常の場合は、せき払いをして痰を切るが、正夫君の場合は管が入っているのでそれができない。痰が絡むと、回りの人が吸引器を使い、痰を吸ってやらなければならない。

次に、のどに穴を開けているため、のどの回りが乾燥しないようにしなければならない。そのために、加湿器を置き、一定の湿度を常時保つのである。だから、外出することができなくなってしまった。どうしても、出かけなければならないときは、自家用車に加湿器と吸引器を積み、移動するのである。

もっとも困るのが食事である。口から摂食することができない。だから、経管栄養の方式で栄養をとらなければならないのである。これは、管を鼻から胃まで入れ、管を使って栄養をとるのである。鼻腔栄養、または、チューブ栄養とも呼ばれている。

正夫君はシャンテを挿入する前は、経口栄養だった。経管栄養は経口栄養と比較すると、食欲がなくなりその分食も細くなる。ホルモンのバランスも崩れているらしく、正夫君は体力をなくし、入退院を繰り返していたのだ。

正夫君の担当は、新採用から三年の若い古田先生だった。古田先生は大学院で、重度の障害のある子の教育を専攻していた。

「私も訪問指導の様子を見たいので、正夫君の指導のとき連れていってもらえませんか」

と栄治は古田先生に頼んだ。

「分かりました。明後日が指導日なので、それまでに、先日行ったときお母さんから預かった連絡帳を読んでおいてください」

と、かわいい連絡帳を貸してくれた。

「今回は、正夫君はどういう学習をするの？」

「今のところ、前回が土にさわるという感覚の勉強ですので、今回は音楽を使った感覚の勉強をする予定です」

連絡帳

栄治は正夫君のお母さんが毎日記している連格帳を見始めた。

11月23日

正夫の退院が一日延びた。前日の雨がうそのように晴れ上がった。おじいちゃんおばあちゃんに見送られて、私は主人と車で正夫を迎えに行く。

「絶好の退院日和ですね。前回の退院のときも晴れたし、正夫はあなたと同じで晴れ男ですね」と私が言うと、「おまえ、うれしそうだね。恋人にでも会いに行く雰囲気だよ」と主人がからかう。秋の七草などの話をしながら病院に向かう。たわいない会話にも私の胸は弾む。病院に着いた。正夫を持参した若草色の服に着替えさせ、ドクターや看護婦さんたちに退院のあいさつをする。ドクターからシャンテに関する注意や吸引に関する注意を聞き、心を引き締める。「良かったね、正夫君」「お大事に」「バイバイ」看護婦さんに送られて病院を後にする。

一か月ぶりに家族がそろう。おじいちゃんおばあちゃんは目を細めて、正夫を笑顔で見つめている。中二の娘も笑顔だ。月並みの表現だが、まるで灯がともったみたいに家庭が明るくなる。「また今日からおまえの戦いが始まるな。おれも手伝うからな」と主人がぽつりと私にささやく。身が引き締まる思いだ。

11月25日
覚悟していたとおり、私の戦いが始まった。正夫は深夜から痰《たん》を絡ませ、私は吸引に引っきりなしに起こされる。痰《たん》が絡むうえに、せきも出始め、呼吸が時々不規則になる。チアノーゼも濃くなり、気がかりで眠れない。主人も目を覚まし、心配そうにのぞき込む。「これは、今までにない発作だね」とつぶやく主人に「お仕事にさわるわよ。あなたは寝てちょうだい」と主人を寝床に追いやる。寝息をうかがいながらまどろむ。ひっきりなしにいやな夢を見る。「お母さん苦しい、助けて！」という正夫の声がしたみたいで必死に目を開ける。朝の薄明かりが見えた。

11月26日

夕べから正夫に振り回され、私も正夫もバテ気味。母が「私が買い物をして料理するからおまえはその間一休みしなさい」と言ってくれたので甘えることにして横になる。しかし、痰の吸引のためおちおち休めない。でも、昨日と比べたら今日は比較的落ち着いている。父が、「今日は正裕さん（主人の名前）の帰りが遅いそうだから、私が正夫を風呂に入れるよ」と言ってくれた。家族の協力に感謝。正夫は久々の入浴でさっぱりしたのか上機嫌。「ウーウー」という声まで出ている。明日は大好きな古田先生に会えるのでうれしいのかな。こんな日が続いてくれればと心から願う。

11月27日

今日は正夫の一か月ぶりの指導の日で古田先生が来てくれる日だ。私も正夫も朝から落ち着かない。古田先生は魔法のバッグ（私の家族は先生のバッグをそう呼んでいるのです。だって、カセットテープレコーダーやらオルガンやら洗面器やら、ありとあらゆるものが入っているのですから。オーバーに言えば小さな学校が入っているようなものです。）

今日の授業は感覚の授業で、いろいろな土に触れてみる授業。ドロだんごを作ったり、化粧砂にさわったり……マシュマロのようなあの子の手が土で汚れていく様が、こんなにもいとしいものとは……私は涙が止まらなかった。そばで見ている父も母も泣いていた。先生が帰られてから、父や母は「ありがたいな……。ありがたいな……」を連発していた。先生、わが子の手を汚してくれて本当にありがとうございました。正夫の手をこんなにいとしく感じられたのは先生のおかげです。

追伸
遅く帰った主人が、この連絡帳を読んで目をウルウルさせています。

11月28日
昨日興奮し過ぎたためか体温が不安定で発汗がひどい。体を何度もふくが、熱が引かない。けいれんも起き始めた。しかたなく坐薬を入れたら熱が引いて一安心。ようやく眠りについてくれた。ただ、高熱が続いたので、かなり心臓に負担がかかったのではないかと心配。

連絡帳を読みながら、あらためてどの家庭にとっても、この子たちはかけがえのない子だということを栄治は認識した。

11月30日。正夫君の訪問指導の日だ。今にも降り出しそうな空模様だった。正夫君の健康状態が心配されたが、栄治が想像していたよりは元気だった。大好きな古田先生の姿を認めると、声を上げてとてもうれしそうに笑顔を浮かべた。古田先生が学校から持参した携帯用のオルガンで朝の会の始まりの歌を引くと、体を揺らしてリズムを取った。古田先生が、

「木村正夫君」

と呼名すると、声を上げながら体全体を揺らして返事をした。古田先生が、体を軽くたたくと、うれしそうに笑顔を見せていた。瞳が澄み、素晴らしい笑顔の持ち主だった。

「ぞうさん」「カエルの歌」「お母さん」など、古田先生のメロディが変わっていく。正夫君はメロディ絵本で鍵盤をたどりながら体でリズムをとっている。古田先生と正夫君がかもしだすなんとも言えない美しい光景だ。栄治は胸が熱くなった。気づくと、おじいさんもおばあさんも、お母さんも涙ぐんで見つめられていた。

正夫君は、上に三つ違いの中学二年生のお姉さんがいる。正夫君を大変かわいがってくれる。のどの手術をする前は、お母さんと一緒によく近くの公園に正夫君をバギーに乗せて散歩に連れていってくれたようである。同居されているおじいさん、おばあさんも、正夫君を目に入れても痛くないほどのかわいがりようであった。

正夫君を中心にして、肩寄せあって生きていられるほほえましい家族だった。

悲しい知らせ

正夫君が風邪をこじらせて、容態が悪化し、病院の集中治療室にいるという連絡が入った。早速、栄治は古田先生と病院に駆けつけた。特別の許可を得て、集中治療室に入れてもらった。正夫君は、すでに自力呼吸ができず、人工呼吸器の助けを借りて呼吸している状態だった。

長年の病魔との戦いで、正夫君は体力を使い切っていた。手足はやせ細り、寝返りする力も残っていないようだった。お母さんの呼びかけにも反応はなかった。

正夫君を見舞った三日後の早朝、学校に悲しい知らせが入った。正夫君は、前の晩、静かに息を引き取ったという知らせであった。

栄治は先生がたとすぐに正夫君の家に行った。

庭の白菊が、雨に打たれ、鮮やかに咲いていた。

正夫君の死に顔は、とても安らかだった。

おばあさんのお話

泣きながら言葉もなくじっと死に顔を見つめている栄治たちに、正夫君のおばあさんが、次のような話を聞かせてくださった。その口調は穏やかで、一言一言かみしめていられるようであった。

校長先生、私はね、正夫が死んだ今、一人のお医者さんに「先生、ありがとう」と伝えたいんですよ。正夫が死んだのに、「ありがとう」って変だと思うでしょうね。それはこういうわけなんです。

正夫は、生後間もなく、原因不明の高熱に襲われ、生死の境を七日間さまよいました。私たち家族は、おろおろするばかりで、必死に祈るしかありませんでした。病院の懸命な治療のおかげで、何とか命だけは取り留めました。一か月後に退院の日を迎えたのですが、正夫は、重い障害が残りました。

一年、また一年と、年月は過ぎていくのですが、正夫は歩くことも、話すこともできませんでした。そういう正夫がふびんでふびんで、家族の気持ちは日に日に暗く、そして重くなりました。

両親も、おじいちゃんも私も、何とかこの子の障害を取り除いてやりたいと願いました。ですから、「あそこの病院はいいよ」といううわさを聞くと、その病院に駆け込みました。「あそこのお医者さんは名医だよ」と聞くと、そこにも走りました。大阪や、名古屋まで行ったこともあります。

しかし、だめでした――。

正夫の障害は全くといっていいほど治りませんでした。

失意のうちに月日は流れて行きました――。

そんなときでした。ある人から警友病院の岡田先生のことを聞いたのは。わらにもすがる思いで、正夫をおぶい、病院に出かけました。

その日は、とても日ざしが強く、正夫をおぶっている背中は、汗でびっしょりになりました。バスの車窓の景色もものういように感じました。

病院にたどり着きました。ずいぶん待たされたような気がします。やっと順番が回ってきて、祈るような気持ちで診察室に入りました。メガネの奥の目がとてもやさしそうな先生でした。

「どうしました」

と問われ、私は、「この先生なら、もしかしてこの子を治してくれるのではないか」と思い、症状を話し始めました。そして、これまで、いろいろな病院を回ったことを必死で話しました。話しているうちに、今までの苦労が思い出され、年がいもなく興奮しておりました。

我に返って、先生を見ると、先生はじっと正夫の顔を見つめていられました。私の話など、おそらく聞いていなかったのではないかと思うと、悔しくなり、興奮してしゃべった自分が惨めになりました。

「この先生もだめだ」と思うと、全身の力が抜けていきました。

気をとり直して、帰ろうという決心をしたときのことです。低い、ぼそりとした声で、

「おばあちゃん、幸せだね」という先生の言葉が聞こえました。私は耳を疑いました。

「えっ」

と聞き返すと、

「おばあちゃんは幸せだよ」

という同じ言葉が返ってきました。

からかわれていると思うと、怒りが体じゅうを走りました。「私ほど不幸な人間はいないんだ。だから、こうして先生を訪ねてきているんです」と言い返そうとするのだけど、あまりの怒りのため言葉が出てきませんでした。すると、先生は「おばあちゃんは、幸せだよね。こんなきれいな瞳をした子を僕は見たことがない。こんなかわいいお孫さんを持って、おばあちゃんは幸せだよ。この正夫君のお顔を見てごらんなさいよ」

と言われるのです。

聞いているうちに、涙が吹き出しました。その先生の言われることが瞬時に分かったのです。

恥ずかしい話ですが、それまでの私は、本当の正夫を見ていなかったのです。病気の正夫しか見ていなかったのです。「本当の正夫君を、しっかり見てあげなさい」とお医者さんは、教えてくれたのだと思います。

私は、正夫をのぞき込みました。本当に愛らしい正夫がそこにいたのです。いとおしくて、いとおしくて、思わず抱き締めました。

何度も何度もお礼を言って病院を出ました。暑さも感じず、景色までも違って見えました。「おばあちゃん、幸せだね」という言葉が、私の頭の中で渦を巻いていました。

それからの私は、その言葉に支えられて正夫と一緒に生きてきました。吸い込まれそうな瞳、心の中まで温まる笑顔の正夫を見るたび、先生の言葉が思い出されました。

本当に幸せでした――。

中村養護学校に入学したころは、病状も落ち着き、週三日の通学でしたが、スクールバスで元気に通いました。学校から帰ってくるとさすがに疲労の色は見えましたが、とても満足そうでした。表情も豊かになり、声を立てて笑うこともありました。この子の表情から、快、不快を読み取れるようになりました。

「快、不快を表情で表せるようになったということは、正夫君の自立の第一歩です。第一段階の自立ができたのですから、これからは第二段階の身辺の自立を目指していきましょう」

家庭訪問で、中村養護学校の先生にそう言ってもらったときは、天にも昇る気持ちでした。本当にうれしかったです。表情だけではありませんでした。先生がたが繰り返し、繰り返し指導してくださったおかげで、ものをつまみ、自分の口に持っていくこともできるようになりました。

身長も伸び、体重も増えました。学校でもやってくださっていましたが、家でも毎月の身重、体重のグラフを付け、グラフが上がっていくのを楽しみにしたものです。グラフとともに、私たちの希望も膨らんでいきました。体重も、10キログラムの境界線を越え、11キログラムまで達しました。

しかし、四年生になったころから、次第に、体調が思わしくなくなりました。

食欲が減退し、下痢を繰り返したり、高熱が出たりしました。体重も、落ち始めました。主治医の先生に相談しましたが、成長に伴いホルモンのバランスが崩れていろいろな症状が起きているのだというお話でした。呼吸も困難になり、のどにシャンテを入れる手術を余儀なくされました。こうして正夫は、見る見るうちに体力をなくしていきました。

正夫は、懸命に病気と戦いました。思えば、この子の人生の大半が病魔との戦いでした。

そして、昨夜息を引き取りました。私たち家族は、正夫のがんばりをたたえてやりたいと思います。

正夫が息を引き取ったとき、「おばあちゃん、幸せだね、こんなかわいいお孫さんと暮らせて」という、あのお医者さんの声が聞こえたような気がします。

その先生は、どこかに転勤されたと聞きました。もし、会えたら、

「ありがとうございました」

と言いたいです。

校長先生、正夫は、私の心の中に生きています。

これからも、私の心の中で、生き続けるのです。

中村養護の先生がた、本当に長い間ありがとうございました。これからもどうか、子どもたちの可能性を引き出してください。そして、家族とともに、夢を現実に近づけてください。お願いします。

正夫君へ

通夜も、告別式も、内輪でひっそりと執り行われた。告別式の日も、雨は絶え間なく降り続いた。

栄治は棺に入って白菊で飾られた正夫君の遺体に静かに別れを告げた。正夫君は笑っているようだった。

帰り道、昨日聞いたおばあさんの話を何度も何度も反芻《はんすう》していた。そして、いつの間にか、そのドクターと自分を引き比べていた。

今まで、子どもを大切にすると言いながら、本当の子どもたちの姿と向き合っていたのだろうか。

「あれもできない、これもできない」という目で子どもたちを見ていたのではないだろうか。

そのドクターみたいに、生きる勇気を与えることが自分にはできていたのだろうか。

知らないうちに子どもたちを傷つける言葉を口にしていたのではないか。

――栄治の心に不安が走った。

「おばあちゃん、幸せだね」――そのドクターの言葉が、いつまでも栄治の心の中で渦を巻いていた。

正夫君へ捧げる詩

一九九四年　　11月14日
午後2時45分
君のすべての器官は停止し、
君の命の炎は静かに消えた

――その瞬間
君の体を縛っていた
すべての束縛から
君は解き放された

正夫君
君はやりたいことがたくさんあったのだろうね
自分の足で大地を踏みしめ、

駆け回りたかっただろうね
身をよじりながら君は耐えていたんだよね

さあ正夫君
四肢を思いっきり動かして
キラキラ光る汗を流そうよ

光の波の中で泳いでごらんよ
雲から雲へと跳んでごらんよ
風に負けずに駆けてごらんよ

汗を流したら
夕日のシャワーを浴び
暗くなったら
楽しかった一日を歌ってごらんよ

命の賛歌を――
もう君の体を縛るものは
何もないのだから

第九章　深い人生

保護者控え室で

中村養護学校では朝の会の終わりを告げる歌が、ゆったりと廊下にも流れてくる。栄治はいつものように登校してきた子どもたちの様子を見て周り、卒業式の式辞を書くために校長室に帰ろうとしていた。保護者控え室の前を通りかかると、中学部三年の木下勇治君のお母さんの姿を認めた。

中村養護学校は、原則的には全員スクールバスで登下校をすることになっているが、体調が思わしくない子や、スクールバスが行っていない地域から通う子どもたちは、保護者のかたの自家用車で登下校する。木下さんもその一人である。朝、勇治君を送ってみえ、授業中は保護者控え室で待っている。

中学部三年の木下勇治君は、後わずかで卒業である。病名は水頭症で体の硬直が強い子である。お母さんは卒業後、市内の高等部の受験も考えられたが、体力的に通うのが無理と通学を断念された。担任の小宮先生とあちこち奔走して家から少し遠いが、ある作業所に入ることが決まっていた。お母さんは大変勉強熱心で、手先も器用で、母親教室にいろいろな手芸の作品を飾っている。その日も熱心に机に向かって何か勉強されていた。

「おじゃましていいですか」

と栄治が声をかけると、

「あら、校長先生、どうぞ」

と、いすを勧めてくれた。

「おや、点字の本ですか。点字に興味がおありなのですか」

「まあ、恥ずかしい。見られてしまいましたね。勇治がこの中村養護学校を来春卒業して、地域の作業所で働くようになったら、私も本格的にボランティアをしようと思っているんですよ」

「ほう、そのためのお勉強ですか」

「ええ、今まではボランティアのかたに勇治にしてもらうことが多かったので、私のできることがあればと考えて、点字のボランティアを考えついたのです。これなら家でもできますから」

「素晴らしい考えですね」

「いやですよ、そんな言い方。校長先生、これも、勇治が教えてくれたんですよ」

「えっ?」

栄治は思わず聞き返した。勇治君は寝たっきりで、会話はできない。

「勇治が教えてくれた」というその意味を尋ねてみた。

「勇治は私の先生なんです。勇治はね、私に、『お母さん、人生はルンルンではいけないんだよ。もっと、深い人生を生きなさい』ということを教えに生まれてきたんだと思います」

「深い人生……？　木下さん、詳しく話していただけますか」

栄治の頼みに、木下さんは静かにうなずいた。

木下さんは栄治に紅茶をいれながら、一言一言、言葉を探るように話された。栄治は話に聞き入った。

突然の病気

「私は一人っ子で大切に育てられました。父が会社を経営していましたので、経済的に恵まれ、何一つ不自由はしませんでした。友達にも恵まれ、楽しい学生生活を過ごしました。

お見合い結婚した主人も、私にはもったいないほどすてきな主人でした。そして、二人の女の子を生みました。自分で言うのもなんですが、二人とも素直でとてもかわいらしい子でした。

それから二年後に、私は、また、身ごもりました。つわりが前のときよりひどく、苦しみました。

『木下さん、このごろ顔がきつくなったみたい。きっと、今度の子は男の子よ』

よく友人にそう言われました。私も主人も今度は男の子が欲しかったので、その言葉がとてもうれしく感じました。六か月が過ぎるころから、胎内で動くようになりました。おなかをけとばす力が力強く感じました。いつの間にか、私は、『今度の子は男の子に違いない』と思い始め、それが確信に近いものに変わっていきました。出産の日が来ました。

『おぎゃあ』

元気な初声とともに、この子は生まれてきました。

『木下さん、おめでとう。元気な男のお子さんですよ』

ドクターの言葉を私は誇らしい気持ちで夢心地で聞いておりました。

毎日が、幸せで幸せで、ルンルン気分でした。色で言えば、さしずめバラ色といったところでしょうね。こわいほどの幸せを感じていました。勇治は順調に育ち、十か月目には歩いておりました。

主人のそのかわいがりようったら、それは異常なほどでした。日曜日には、近くの海の公園に家族そろって出かけては、散歩をしたり、貝殻を拾ったり、砂遊びをしたりしました。勇治を囲んで笑い声が絶えませんでした。

今考えると、夢のような思い出です。

そんなバラ色の日々も長くは続きませんでした。突然、病魔が勇治を襲ったのです。それは、2歳の誕生日を後10日足らずで迎えるある日のことでした。

その日、勇治は朝から元気がなく、珍しくむずがりました。そうしているうちに、食べたものを全部戻しました。その後、激しいけいれんが勇治を襲いました。熱を計ると、39度ありました。私は気が動転してしまいました。慌てて主人の会社に電話すると、主人は、

『すぐに、救急車を呼びなさい。病院が分かったら、私に知らせなさい。佐和子、

落ち着くんだよ』

そう言いました。

救急車で病院に向かう間にも、勇治の状態が悪化するのがはっきり分かりました。けいれんは断続して激しさを増しますし、呼吸も乱れてきました。チアノーゼが出て、全身が土色に変わってきました。

私は、すっかり取り乱してしまい、大声で、

『勇治、勇治、しっかりして！　死んじゃだめ！』

と叫んでいました。


横浜市大病院の救急医療の入り口にやっとのことで到着しました。

すぐに、緊急治療室に運ばれました。

お医者さんや看護婦さんが慌ただしく出入りし、空気がぴんと張りつめています。私は慌てて主人に連絡を取りました。

30分くらいして、主人が来てくれました。主人の姿を認めるなり、私は主人に

倒れ込みました。主人はしっかりと私を抱きかかえてくれました。

1時間もたったでしょうか。緊急治療室のドアが開き、お医者様が出て見えました。私は夢中になって、

『先生、勇治は、勇治は助かりますか』

と尋ねました。

『全力で治療に当たっています。今は、全く予断を許さない状態です』

険しい表情で言われました。

私は思わずお医者様にとりすがり、

『先生、勇治を助けてください！ お願いします。……』

そう繰り返していました。

『できるだけのことはしています。後は、この子の生命力に頼るだけです』

そのお医者様の言葉を聞いたとき、私は、思わず床に崩れ落ちました。

それから三日間、ＩＣＵに入り、勇治は襲いくる病魔と懸命に戦いました。心音がとぎれることもしばしばでした。でも、勇治は奇跡的に命を取り留めました。

ほっとしている私たち夫婦をお医者様が呼ばれました。お医者様は繰り返し繰り返しお礼を述べる私たち夫婦から目をそらし、『命は取り留めました。しかし、何度も心停止がありましたし、激しいけいれんが起きましたので、脳にかなりの障害を起こしていると思われます。ですから、重い後遺症が出ると思います。お気の毒ですが、元の状態に戻ることはありません。』

そう宣告されました。主人は、

『例えば、どんな障害が起きると考えられますか』

と尋ねました。

『まず、歩行は無理でしょう。次に、言葉も出ないでしょう……』

次々に障害のことを話されるお医者様の口をぼんやり見つめているだけでした。

主人は、そんな私を見て、

『いいじゃないか、佐和子、命が助かったんだから。これからは、勇治と一緒に障害と戦っていこう』

そう言って、私の肩をぐっと抱きました。主人の手が震えていたのを覚えています。主人もよほどつらかったのでしょう。

その日以来、バラ色の人生が、急に灰色に変わりました。

そして、勇治は一か月後、退院の日を迎えました。

その日は、どんよりと曇り、まだ11月というのに、肌寒い日でした。

退院してまもない日、勇治が元気だったころのアルバムを見るともなしにぼんやり眺めているうちに、私の心の内部で、

『なぜ、私がこんな目にあわなければいけないのだろう。あまりにも理不尽すぎる！』

という憤りの感情が突然、込み上げてきました。その憤りの炎は私の心に瞬く間に燃え広がり、自分でも手がつけられないものになっていました。

私は家族のだれかれ構わず当たり散らし始めました。家族に当たってはいけないと思えば思うほど、激しく家族に当たり散らしておりました。当たり散らした後、ものすごい自己嫌悪が襲ってきました。そして、自分をさいなみ、いたぶり

続けました。
ストレスから、むちゃくちゃに食べ、食べすぎては嘔吐しました。過食と拒食が交互に私を襲いました。

その憤りの時期が終わると、今度は何とも言えない無気力感にさいなまれました。勇治のうつろな瞳を見るたび、私は、元気だったころの勇治の姿がオーバーラップし、次第に生きる張りをなくしていきました。そして、ふさぎ込む毎日が続きました。それは、まるで、魂の抜けた人形みたいだったと後から主人に聞かされました。家族は、そんな私を気遣い、いろいろな言葉をかけてくれたり、外に連れだそうとしたようですが、私には、ただ煩わしいことにしか感じられませんでした。することなすことがすべて無意味のように感じられ、よけい憂鬱《ゆううつ》になるばかりでした。

――そんな状態が、二年以上も続きました。

あんなに強かった家族のきずなは、いつの間にかばらばらになっていました。主人は、ずいぶん辛抱強く耐えてくれたようですが、いつの間にか仕事に逃げ始めました。帰宅が遅くなり、家を空けることもしばしばでした。

とても明るかった上の子の二人も、私の顔色をうかがうおどおどした子になり、用事のあるとき以外は、子ども部屋から出てこなくなっていました。

中村養護学校入学

勇治が中村養護学校に入学するときにも、主人や上の子たちは喜んでいましたが、私は、さして、うれしくもありませんでした。『どうせ、この子は何をしても、無駄だろう』という思いが私の心を占めていたからです。週3回の登校日も学校側と話し合って決めたのですが、私にはかなり重荷でした。ですから、学校も休みがちでした。

そんな私を見て、養護学校の先生がたは責める様子もなく、

『木下さん、勇治君がんばっているわよ。日に日に表情が豊かになってきているのよ。お母さんも勇治君のがんばりに負けないようにしなくちゃあね』

と明るく励ましてくださるのでした。

でも、私は心の中で、

『また、先生たちの慰めが始まった。同情なんか要らないのに』

と心の中でつぶやくのが常でした。


入学して半年がたったある日、勇治を学校まで送っていき、天気がいいので、気晴らしに買い物でも行こうと思い付きました。そして、保護者控え室を出て、玄関に向かいました。その途中、勇治のいる教室の前を通りました。そして、勇治を見て私は、

『あっ!』

と声を上げ、その場にたたずんでしまいました。勇治が、布でできたピンポン玉くらいのボールをつまんで、金田先生に向かって、今、まさに投げようとしているのです。

ボールをつまみ、それを投げるという機能訓練の学習は、ずいぶん前から始まっていました。ボールをつまんで、相手に投げることを金田先生は、繰り返し、

繰り返し勇治に教えていました。ボールをつまみ、それを勇治に向けて投げることを繰り返す金田先生に、

『勇治はボールを捕ることも、よけることもできないのに、どうして、勇治にボールをぶつけるんですか。勇治がかわいそうではありませんか』

と抗議したこともあります。

『お母さん、ボールをつまむということは、感覚の大事な勉強です。健常な人間は、何げなくやっているのですが、ボールをつまむには、まず、つまむ対象物をよく見なければなりません。そして、その対象物と、自分の距離を測るのです。測ったら、それに合わせて、自分の腕を出していくわけです。そのとき、自分の腕がどういう状態にあるのかが分からなければなりません。そのために繰り返し訓練するのです』

そう説明する金田先生に、

『だったら、ボールをつまむ訓練だけしてくだされぱいいんです。勇治に向かって、ボールを投げることは必要ありませんわ』

と言うと、金田先生は、

『お母さん、もっと、勇治君の可能性を信じてあげてください。ボールを相手に投げるということは、コミュニケーションの一つなんです。今は、私からの一方通行ですが、勇治君は必ず私に投げ返すことができるようになると思います。そのときに、コミュニケーションが成り立つのです』

そう言って、私にほほえみかけられたのです。

『勇治にそんなことできるわけありません』

と自信を持って、私は否定したのでした。

今、勇治は、金田先生が転がしたボールをつまみ、まさに金田先生に投げ返そうとしているのです。

『勇治、がんばれ！　金田先生にそのボールを返して！』

と心の中で叫びました。

勇治は、必死の形相でボールをつまみ、金田先生に向けて投げました。ボールは勇治の手を離れて、金田先生に向けて転がり始めました。

それを見たとたん、私の目からどっと涙が吹き出しました。

その涙は、私を悪い夢から覚めさせてくれました。

『不自由な体なのに、精一杯努力し、できることを一つ一つ増やしていく勇治に比べて、私は、一体何をしているんだろう』

そう思うと、恥ずかしくなり、体がかっと熱くなりました。

夢から覚めて

その日以来、私は、障害児を持つ母親として、自分のできることを果たそうと心に決めました。週3回の登校日には、必ず勇治を自家用車に乗せて、登校させること。それを義務の一つと考えました。こうして引き続き登校するうちに、勇治はいろいろなことができるようになりました。時間を決めてのトイレでの時間排泄《はいせつ》や、食べ物を自分の力で飲み込む嚥下《えんげ》も、上手にできるようになりました。表情も豊かになってきました。

明るさを取り戻した私を見て、家族は元の深いきずなを取り戻していきました。

次女の恵子の誕生日が近づいたある日曜日のこと、私は子どもや夫に一つの提案をしました。『今まで、心配かけてごめんなさい。私があんな状態だったから、親子で出かけることもなかったわね。今日は久しぶりに、お父さんとあなたたち二人でお買い物に行ってらっしゃい。そして、うんとおねだりしてきなさい。あなた、いいでしょ』

そう言って主人を見ると、主人は、

『だったら、勇治も、おまえも一緒に行こうよ』

と言いましたが、

『勇治と一緒だとゆっくりお買い物ができないでしょ。今日は、私たちはお留番するから、娘たちと行ってあげて』

そう言って、主人の背中を押しました。娘たちはうれしそうです。出かけ際に、私は主人に声をかけました。

「お願いがあるんだけど……」

「お土産かい？　何が欲しいの？」

「そんなんじゃないの。私、腕によりをかけて料理を作っておくから、食事はしないで帰ってきてね」

「分かったよ。きっと、そうする」

　主人と子どもたちはうれしそうに出かけていきました。


　娘たちを見送った私は、早速、料理をするべく支度に取りかかりました。勇治を、リクライニングするいすに寝かせるようにして、私の後ろに置きました。

　そして、野菜を切り始めたとき、背中に視線を感じて思わず振り向きました。すると、勇治が私にとってもすてきな笑顔を送っているのです。私も勇治に負けない笑顔を作り、勇治に送りました。そして、再び包丁を握りました。すると、背中にさっきよりも熱い視線を感じるのです。思わず振り向くと、そこにはさっきよりももっともっとすてきな笑顔がありました。私は、思わず包丁をそこに置いて、勇治のそばに駆け寄りました。勇治は満面に笑みをたたえ、声を上げて笑いました。私もうれしくてうれしくて声を立てて笑っていました。そして、ほほえみながら、じっと見つめ合っていました。

　じわっと、幸福感が私を優しく包みました。その幸福感は、今まで感じていたものと違い、深くて広いものに感じられました。

そのとき、今までの自分の人生が、いかに薄っぺらいものだったかに初めて気づきました。いつかだれからか聞いた「深い人生」という言葉が私の胸に広がっていきました。

「勇治は、そのことを私に教えに来てくれたんだわ」

私は、そっとつぶやいていました。


どれくらい、勇治と見つめあい、ほほえみあっていたのでしょうか。

玄関のチャイムの音ではっと我に返りました。

「ああ、おなか空いた！　お母さん、今日のごちそう、何？」

勢い込んで娘たちが私に聞きました。

「そ、それが……」

口ごもる私を見て、主人がけげんそうに、

「おまえが、おなか空かせて帰ってこいと言うから、子どもたちにわけを言って、食べずに帰ってきたんだよ。一体、どうしたんだい」

と尋ねました。

私が、勇治との様子をもじもじして話をすると、3人は大きな声で笑いだしました。私もつられて笑いだしました。その笑い声は部屋じゅうにいつまでも響き渡りました。わが家に笑い声が響いたのはいつ以来でしょうか。

主人は、

『見つめ合って時間のたつのも忘れるほどなら、まさしく勇治はおまえの恋人だね』

と真顔で言いました。私は、何度も何度もうなずきました。

校長先生、勇治は私の恋人でもあり、私の人生の先生なんです。

『お母さん、人生はルンルンではいけないんだよ。もっと、深い人生を送りなさい』

勇治の目は、私に、いつもそう言っているんです。」

そこまで話すと、栄治が紅茶を飲んでいないのに気づいて、飲むように勧めながら話を続けた。

「その後も、勇治は入退院を繰り返しました。先生もご存じだと思いますが、勇治の病名は水頭症です。小学部のときに4回、中学部になってから3回、勇治は死の瀬戸際に立たされました。

『もうだめだ』と思う場面もありましたが、私の心の中には『勇治は死ぬはずがない』という確信に近いものもありました。

考えてみると、勇治の人生のほとんどが病気と戦う毎日でした。死の淵《ふち》に立たされるたびに、勇治はぐっと唇をかみしめ、襲い来る病魔をはねかえしていました。いつもは優しい勇治のどこにそんな強さがあるのだろうと心を打たれたものです。

だから、私も、強く生きていかなければならないと思ったのです。ボランティアを思い立ったのもそういうことからなんです。勇治に教わったのです。あらあら、もうこんな時間。ごめんなさいね、お引き止めして」

「いいえ、とってもいいお話でした。本当にありがとうございました」

栄治はそう言って、木下さんに一礼して校長室に戻った。「深い人生」と、思わず口を突いて出てきた。そして、胸に熱いものが込み上げていた。

「深い人生。深い教師生活」と栄治は何度も何度もつぶやいていた。

校庭のモクレンの花が大きく膨らんでいた。

深い人生
——母さんから勇治へ

「お母さん
ルンルンのうすっぺらい人生でなく、
深い人生を生きなさい」
言葉はないけれど
おまえの瞳が私に語りかけてくる

勇治、おまえはそのことを教えに
この世に生まれてきたんだね

あさはかな私はバラ色の人生に酔いしれ
自分の幸せしか考えようとしなかった
そして、おまえが病気になり、

おまえも私も七転八倒しもがき苦しんだ

その苦しみの中でおまえは
「お母さん
ルンルンのうすっぺらい人生でなく
もっと深い人生を歩みなさい」
とずっと言葉ではなく瞳で語りかけていたんだね

言葉しか聞こえなかった私は
そのことに気づくのに長い年月を要した
そして家族みんなを傷つけ
家族の絆をばらばらにした

でももう大丈夫
おまえを見つめていると

じわっと幸せを感じるの
ゆったりとした時間の中で
おまえと生きる幸せを感じるの

おまえは私の恋人
しっかり抱いて生きていくからね

終章　卒業式

学習発表会

3月の初め、学習発表会が行われた。中村養護学校の学習発表会の特色は、どのクラスもそれぞれの子どもが一年間でできるようになったことを元に、先生がたがオリジナルな台本を作成するのである。ホールに暗幕を張りめぐらし、暗くして照明を当てるのである。低学年グループ、中学年グループ、高学年グループ、中学部グループが趣向を凝らしてオリジナルな劇を上演するのである。低学年グループの5人の出しものは「森に遊びに行こう」だった。

配役

ナレーター　吉原雅子先生
ハイジ　原田圭（二年）
ハイジの母　坂田比奈子先生
ジュリー　岩田里奈（二年）
ジュリーの母　上村正子先生
ミルキー　佐藤愛子（二年）

ミルキーの母　　古田淳子先生
ペーター　　　　矢野けんと（二年）
ペーターの母　　芦川真由美
森の精　　　　　吉村あゆみ（二年　訪問指導）
オオカミ　　　　金田正一先生

（舞台は森の中。あちらこちらで花が咲いている。上手には小川が流れている。原田圭ちゃん扮するハイジ登場。バックにはアルプスの少女ハイジの音楽が流れている。）

ナレーター　ここはアルプスのふもとの森の中。あちこちにきれいな花が咲き乱れ、野いちごが実をつけています。アルプスの少女ハイジがいつものように友達をつれて今日も森に遊びに来ました。

（ハイジがお母さんにバギーを押されて登場。チェックの帽子、チェックのチョッキの服装。）

ハイジの母「ハイジ、今日はいい天気ね。この森で今日はたくさん遊びましょうね」

（森を歩き始める。）
ナレーター　ハイジの仲良しのジュリーがこちらに来ましたよ。
（岩田里奈さん扮するジュリーが、カタカタを押しながら登場する。）
ジュリーの母「ジュリー、ずいぶんカタカタうまくなったわね。お母さんと競争しようか。よーいドン！」
（ジュリーと競争を始める。ジュリーは上手にカタカタを押す。）
ジュリーの母「ジュリー、お母さん負けないわよ」
（競争を始める。そこに佐藤愛子扮するミルキーが歩行器で登場する。）
ナレーター　最近歩行器を使って歩けるようになったミルキーが、ゆっくりこちらに来ましたよ。
ミルキーの母「みんな慌てると転びますわよ。ミルキーは転ばないようにお上品にゆっくりいきましょうね」
（ミルキーはゆっくり歩行器で移動する。）
（ペーターのお母さんの声がする。）
ペーターの母の声「皆さん、待ってくださーい。私の息子のペーターを置いていかないでください」
ナレーター　お寝坊さんのペーターは今日も寝坊したようですよ。慌ててみんなを追いかけたようですよ。これでみんなそろったようですよ。
（アルプスの少女ハイジの音楽が大きくなり、それに合わせて森の中を動き回る。）
ハイジの母「みんなこちらに来てよ。ハイジがお花を見つけたわ。みんなで摘みましょうよ」
ナレーター　ハイジがお花を見つけたようですよ。花摘みが始まりました。
ジュリーの母「まあきれい。ジュリーも摘みましょうね」
ミルキーの母「まあいいにおいだこと。ほらミルキー、においかいでごらん」
ペーターの母「ペーター、ガールフレンドのハイジにお花摘んであげなさい」
ナレーター　4人は夢中で花を摘みました。いつの間にかジュリーが小川で大好きなお水遊びを始めましたよ。
（4人は水遊びを始める。）
ナレーター　水遊びに夢中になっていましたが、ペーターが馬を見つけました。今度は馬に乗って遊ぶようです。

（4人は木馬にまたがって遊び始める。）

ナレーター　遊んでいるうちにおなかがすいてきました。

ミルキーの母「あら、ミルキーが野いちごを見つけましたよ。さあ、ミルキー摘んであげるから、においかいでごらん」

（ミルキーの母はいちごを摘んでにおいをかがせる。）

ハイジの母「ハイジ食べてみて」（食べるのを見届けて）「おいしい？」

ジュリーの母「じゃあ、ジュリーもいただきましょうね」

ペーターの母「ペーターもいただきましょうよ」

（みんなはにおいをかいだり食べたりする。）

（不気味な音楽がしてオオカミが登場する。）

オオカミ「くんくんくん、いちごと人間のいいにおいがするぞ」

（探し始める。）

ナレーター　くいしん坊のオオカミがみんなのにおいに気づきました。さあ、大変、食べられてしまいます。

オオカミ「（歌い始める）おれは食いしん坊のオオカミ様だ。いつもいつも腹ぺこだ。

人間の子どもが大好物だ。近くに子どものにおいがするぞ。早く見つけて食べてしまおう」
ナレーター　みんなはいちごに夢中になって、オオカミに気づきません。あ、大変。とうとう見つかってしまいました。
オオカミ「とうとう見つけたぞ。ワオー、おれはオオカミ様だぞー」
みんな（口々に）「わー大変」「怖い」「逃げろ！」
森の精（吉松あゆみさんは今日も欠席のためスライドで登場。声はあゆみさんのお母さん。）「みんな、慌てないで。力を合わせてオオカミに立ち向かうのよ。あそこにいがぐりが落ちているから一斉に投げなさい。力を合わせればきっとやっつけられるわよ」
ペーターの母「ペーターがくりを見つけましたよ。これを拾ってオオカミに投げつけましょう」
（みんな布で作ったいがぐりを拾い投げる。）
オオカミ「これはたまらん。痛いよー、許してください」
（逃げ回る。）

オオカミ「逃げろー」
（下手に逃げ込む）
みんな「やったぞー」「勝った！」「ばんざーい」「森の精さん、ありがとう」
（楽器を入れて、先生がたとピクニックの歌を歌う。）　幕が閉まる

単純なストーリーだが、歩く、食べる、またがる、水遊び、投げる等の感覚の授業が巧みに取り入れられており、それぞれの子どもができるようになったことが強調して表現されていた。また、訪問指導の子どもはあらかじめ衣装を持参してスライドに収めて、映写していたのには栄治は舌を巻いた。

どのグループも見どころがたくさんある出しものを用意していた。一年間の学習の成果がよく分かった。

足立誠君

足立誠君は今五年生である。ダウン症の障害がある。通常のダウン症の子どもは言葉が話せるし、運動機能もあり、日常の生活に困ることはない。養護学校に通っ

ている子もいるが、通常の学校の一般級に入る子もいる特殊学級に通う子もいる。しかし、誠君はまだ歩くこともできないし、話すこともできなかった。何よりも心配なのは、食べるときは食べる意欲は十分に見られるのだが、嚥下《えんげ》がきちんとできなかった。誠君は小がらで人見知りしない、だれからも好かれる愛くるしい子だった。中村養護学校のアイドル的存在だった。

しかし、最近驚くほどの変化を見せ始めた。ある日、給食のとき、嚥下ができるようになったのである。それを発見したときは、中村養護学校の先生がたの喜びは尋常ではなかった。誠君を「ばんざい、ばんざい」とはやしたて、例によってアンコールアンコールの嵐がわき上がった。誠君はアンコールにこたえて得意そうに嚥下を繰り返した。みんなが待ちに待った瞬間だった。みんなを驚かせたのは嚥下だけでなく、介助なしで自力でフォークで食べたということである。今まではフォークがうまく使えず、ついつい手づかみにするか、口を直接皿に持っていった。ところが、その日は右手でフォークを持ち、食べ始めた。それもわしづかみでなくわりと柔らかく握っているのである。

その様子を見ていた横山副校長は、

「校長先生、足立誠君はいよいよ巣立ちの時が来たようです。保護者に校長先生から、知的障害の養護学校に転校を勧めてくださいませんか」

と言った。その顔は笑っていた。

「それ、どういうことなの？」

と栄治は横山副校長に尋ねた。

「足立君は入学するときに、ご両親が中村養護学校に入学させるか、近くにある県立の知的障害児の養護学校に入れるか、ずいぶん迷われたようです。私はそのころ、養護教育総合センターに勤めていました。ですから、足立君の就学相談は私が受けたのです。歩行も、食事にも不安があったので、それらができるようになるまで中村養護学校に入学することを勧めました。ここまで来るのに五年もかかってしまいました」

　横山副校長は栄治に教えてくれた。栄治の気持ちは複雑だった。

「やっと誠君の希望の灯が見えたとたん別れなければならないのですか。寂しくなるね。せめて中学に上がるまで、うちの学校に通わせられないかね」

と栄治がつぶやくと、

「お気持ちは分かりますけど、誠君の能力を伸ばすためにはしかたありませんわ、一日でも早いほうがいいです」

と横山副校長はきっぱり言い切った。

足立君をまるでわが子のようにかわいがっていた担任の吉沢竜夫先生に栄治が話をすると、落胆するのが手に取るように分かった。気を取り直して足立君が食事を独力でできるようになったこと、そのことを確かめに来てほしいことを吉沢先生は連絡帳で知らせた。

翌日、お母さんは半信半疑で学校に見えた。

「良かったですね、食事ができるようになりましたよ」

と吉沢先生が言うと、

「そんなはずはありません。からかっているのでしょう」

と言った。

給食の時間、お母さんをカーテンの陰に隠し、食べる様子を見てもらうことにした。誠君のお母さんはカーテンの陰から息をつめて見つめていた。そして、当然のことのようにフォークを握り、口に運び、きちんと嚥下《えんげ》する様子を見た誠君のお母

さんの驚きと喜びはたとえようのないものだった。興奮に身を震わせ、クラスのどの先生にも、

「ありがとうございます。ありがとうございます」

と手を取らんばかりにしてお礼を言って回った。

横山副校長に付き添われて校長室に入った足立誠君のお母さんは、入るなり、

「校長先生、本当にありがとうございました。誠が自分で食べている姿を見たときは、興奮で体が震えました。夢にまで見た瞬間だったからです」

と言った。

「本当に良かったですね。長い道のりだったでしょう」

と栄治が言うと、

「ええ、食べることができないわが子にじれて、何度もしかりつけました。心を鬼にしてご飯を抜かしたことも一度や二度ではありませんでした。でも、だめでした。誠の悲しそうな顔を見るたび、神様を恨みました。連絡帳で知らせてもらったときも、先生がたがからかっていると思っていました。あれだけ努力してできなかったことができるようになるとは信じがたかったからです。ありがとうございました。

帰ったら家族みんなを驚かせてやります」

と誠君のお母さんはハンカチで目を押さえた。

「誠君は最近、歩行もかなりできるようになりました。それに、食事もできるようになりましたから、今が伸びる絶好のチャンスです。家の近くの県立の知的障害児のための養護学校に転校したらどうですか」

と栄治が言うと、

「今晩、主人と相談してみます。主人も喜ぶと思います」

そう言って、何度もお礼を言って帰っていった。


次の日、誠君のお母さんがご主人を伴って学校に見えた。栄治と横山副校長が待っている校長室に入るなり、あいさつもそこそこに、誠君のお父さんは、

「いやあ、夕べは興奮しました。あの子はさも得意そうにフォークを持って食べて見せてくれました。そして、ゴクンとのみ込んだのです。私も高校生の姉も口をあんぐり開けてあきれてしまいました。やがて、姉が、

『誠、すごい!』

と言うなり、力一杯抱きしめました。そして、誠を取り囲んでみんなで喜び合いました。誠はまたひとつ大きなことを成し遂げました。昨夜は誠が歩いている夢を見ました。必ずやその夢を果たしてくれると思います。家内とも相談して、県立の知的障害児の通う養護学校に転校を決意しました。よろしいでしょうか」

「それがいいと思います。誠君は、同じような子どもが通う学校に行ったほうが、刺激を受けて伸びていくと考えられます。ですから、早い時期に転校させたほうがいいと思います」

と栄治は答えた。

「それでは、新学期から転校させたいと思います。よろしくお願いいたします」

そう言って足立さん夫婦はうれしそうに帰っていった。栄治は「がんばれ、誠君」と心の中でエールを送った。

卒業式

卒業式が近づいてきた。松本美香さんは肢体不自由の養護学校の高等部の訪問指導を希望し、希望がかなえられた。藤井留美子さんは体のこうしゅくが進んでいるので、上菅田養護学校に通うのは無理と判断し、進学は断念した。そして、近くの作業所に行くことに決めた。「中村養護学校に高等部があれば、留美子さんも進学できるのに」と思うと栄治は自分の無力さを思い知らされた。

木下勇次君は、近くの作業所に入ることが決まっていた。

卒業式の日当日は、明るい日ざしが春の訪れを感じさせるのだが、風は冷たく底冷えのする日だった。校庭の桜のつぼみもまだ固く感じられた。中村養護学校のホールには春の花が大きな花びんに活けられていた。その中のフリージヤが春の甘いにおいを運んでいた。みんなの拍手に迎えられて、小学部六年生の白井啓一君と木戸栄子さんが車いすで入場してきた。二人とも小学部卒業後は、引き続いて中村養護学校の中学部に進む。続いて、中学部で訪問指導の松本美香さん、藤井留美子さんが車いすで入場してきた。最後に、木下勇次君が入場した。式が始まった。

「次は校長先生のお祝いの言葉です」

司会の教務主任の金田先生が知らせた。栄治はゆっくり壇上に上がった。

そして、次の詩を読んだ。

わけてあげよう

よろこびを感じたら
ほかの人にもわけてあげよう
人生なんて短いから
自分なんて点のようだから
一人でも多く喜ばせてあげよう
わけてあげよう
ちりのような
もっともっと空気の分子のような
小さなよろこびを
一人一人にわけてあげよう
ああ早くしないと
人生がつきてしまう

点のような自分が
けしゴムでけすようにきえてしまう
今感じるよろこびも
むだにはできない

「この詩はね、『星への手紙』という詩集に載っていたものです。みんなと同じように障害のある中学生が書いたのですよ。この子は、小学生のときに、筋ジストロフィーであることが判明します。小学生のうちは車いすでなんとか学校に通えたのだけど、中学生になると体が動かなくなり、入院生活を送ることになります。

病院ではおしっこもうんちも全部看護婦さんにやってもらわないといけない。それが恥ずかしくてたまらない。入院費もかかり、お父さんやお母さんに負担をかけてしまう。だから、この子は自殺を決心します。でも、体が動かせないから自殺の方法がない。だから、食べるのをやめて、飢え死にしようとするのです。

一日、二日、三日と日が過ぎていきます。家族や看護婦さん、お医者さんが何とかして食べさせようとするのですが、毛布に潜り込んで絶対に食べようとしないのです。

四日目の朝、病室のドアがそっと開きました。その子のお母さんが入ってきて、枕元に立っているのです。その子は人の気配を感じて目を覚ましました。そして、目を開けるとお母さんがお鍋を持っているのが目に入りました。慌てて布団に潜ろうとすると、

『病院の食事が口に合わないのではないかと思い、一晩かかって、おまえの好きなスープを煮てきたよ。お願いだから一口でいいからスプーンですすっておくれ』と言うお母さんの目から大粒の涙がこぼれ落ちています。そのとき、その子は『ああ、もうだめだ』と思い、スープをすすります。それを見たお母さんはナースステーションに飛んでいき、

『看護婦さん、うちの子がスープを飲んでくれた！』と大声で叫びました。その声を聞いた看護婦さんやお医者さんは、その子のベッドに駆け寄ります。そして、スープを飲んでいるその子の姿を見て、みんなが声を上げて泣きました。それを見て、その子は、

『僕が生きていることがこんなにみんなに喜んでもらえるんだ』

と気づくのです。そして、自分の生きてきた証を残そうとして、詩を書くことを思い立ち、『星への手紙』という詩集を完成させました。みんなも生きているというだけで周りの人に喜びを与えてくれるのです。どうかこれからも生きるという勉強を続けてくださいね」

と祝辞を述べた。多くのお母さんがたがハンカチを目に当てられていた。

中村養護学校の卒業式を終えると、卒業生は中村小学校の卒業式が行われている体育館に急いだ。車いすで体育館に入ると、中村小学校の子どもたちや保護者のかたが一斉に拍手で迎えてくれた。

養護学校の卒業生が舞台下に整列すると、中村小学校の在校生の代表がお祝いの言葉を述べた。

「小学部、中学部を卒業される養護学校のお兄さん、お姉さん、ご卒業おめでとうございます。私たちはみなさんと中休みの交流で一緒に歌を歌ったり、カルタ取りやすごろくをしました。運動会などで交流をしてきました。私がいちばん楽しかったのは、2月の末に行なった中村小学校と中村養護学校の合同のおもちつきです。みんなでついて、みんなで食べたおもちはとってもおいしかったです。

私は中休みに中村養護学校に行くのは楽しみでした。みなさんの笑顔を見ると、私もいつの間にか笑顔になっています。けんかばかりしている男の子も、養護学校に行くと、みんなにこにこしています。きっと、みなさんには人をやさしくする魔法の力があるのだと思います。私たちのクラスでは六年生のみなさんと一緒に養護学校で行なっている感覚の授業をしましたね。パン生地にどんぐり等を入れてさわってみたり、いろいろな豆を手でつまんだりする勉強でした。私たちには何でもないことなのに、みなさんは真剣にやっていました。繰り返し繰り返し真剣にやっている姿を見て、私は感心しました。そして、自分の勉強態度と比べてみて、自分が恥ずかしくなりました。いろいろなことを教えてくれてありがとうございました。お体にお気をつけて、これからもがんばってください。

五年代表　内田綾」

とてもはきはきとしたすがすがしいあいさつだった。そして、最後にみんなで中村養護学校の校歌を歌ってくれた。

すぐ前の公園から、ウグイスの鳴く声がした。

勇治君へ

一九九二年　３月19日は
君の待ち望んでいた卒業式の日だ

君の生きてきた15年という年月は
病魔との戦いだった。
襲い来る病魔に
敢然と立ち向かった日々
幾度も死の淵《ふち》に立ちながらも
強靭な意志で生きてきた

戦い続ける君の顔の
何とたくましいことか
何とさわやかなことか

口元にかすかな笑みをたたえ
すがすがしささえただよう

君の生きてきた道のりは
みんなの胸に深く刻まれる

3月19日
君の生きてきた証として
一枚の卒業証書を送ろう
感謝と賛辞を添えて——
がんばれ勇治君

あとがき

中村養護学校での経験は私の一生にとって大変貴重なものである。私を養護学校に呼んでくれたのは養護学校の子どもたちだと固く信じている。あまりにも障害者（児）のことを知らな過ぎた私に、子どもたちは身をもって教えてくれた。保護者のかたも、心をひらいて接してくださった。
養護学校のゆったりした時間の流れに最初は戸惑いを覚えた。しかし、次第に生きるとは何か、教育とは何かなど、根源的なところで自分を見つめる時間が持てたような気がする。

中村養護学校を出て八年が経過しようとしている。この八年の間に中村養護学校は驚くほど変容した。エレベーターは私がいるときにすでに工事に取りかかっていたが、次の年完成した。しばらくして自校給食も実現した。この自校給食の実現によって、子どもたちの実態に合わせた献立ができるようになった。私の在任中教職員とＰＴＡが四年間懸命に取り組んだ高等部も、二年前に上菅田養護学校の分校として実現した。今では児童生徒数も70名を越え、ミニ養護とは呼べなくなっている。

街にも変化が出てきた。地下鉄阪東橋駅にはエレベーターが設置され、音の出る信号機も設置されるようになった。このように確実にバリアフリーが進んでいる。すばらしいことと思う。しかし、物理的、制度的なバリアはなくなりつつあるが、意識の上でのバリアはなくなりつつあるのだろうか。障害を個性と見る意識がみんなに定着しているのだろうか。

次の作文を読んでほしい

僕には小学校六年になったBという弟がいます。Bは生まれた時、首にへそのおが3周巻き付いていたそうです。それで母のおなかにいた時、脳の酸素がスムーズに送れず、小さい時から心身に障害があったので、○○組に通っています。

そのようなわけで僕の家には障害のある人達がたくさん来ます。僕が話しかけても、わけのわからないことを言ったり、同じ動作をくり返したりするだけの僕と同じ年の男の子や、言葉も言えない女の子などの、多くの障害者との出会いがありました。その中でいろいろな話を聞いては、情けなく思ったり、腹立たしく思ったりすることがたくさんあります。その話のいくつかを書くことにしました。

中学校、そして高校は養護学校に通って、いろいろな物を作ったり、勉強したりしてがんばっていても、卒業したあと行く所がなく、そういう人達が、働く作業所をつくろうとしても、地域の反対が多くてなかなかつくれないということです。反対の理由は、わけのわからない子供がなにをするかわからないのでこわいとか、危ないというのが理由ですから、本当にひどいと思います。反対している人達の家族に、もしそのような障害者がいたとしたらとてもそんなことは言えないと思います。

又、弟と同級生のTちゃんという子がいるのですが、その子は顔が横に曲がっていて、よだれもたらしています。Tちゃんとお姉さんと二人でスーパーの前でお母さんが買い物をするのを待っていた時、ある女の子がそのお母さんに
「あの子なんだろう?」

と聞いたそうです。その時、その子のお母さんは、

「あれはバカの子よ。」

と言ったそうです。Tちゃんのお姉さんはとてもくやしかったと話していました。

そればかりかあるお母さんは
「おまえもいうことをきかないとあんな子になってしまうよ。」

とおどすのだそうですから、おどろいてしまいます。


(市内の中学三年生A君の作文である。横浜市教育委員会人権教育推進解説資料『Q&A』より抜粋した。)

このA君の作文には地域の人の障害者(児)への無理解や、わが子の障害児に対する素朴な疑問に対応しきれない母親の心の貧しさが如実に現れている。日本の風土の中に異質なものを排除しようとする風潮がある。教育現場でも「違い」と「間違い」を混同していることが多いように思う。そのために障害者(児)やその関係者が悲しい思いをしたり悔しい思いをしているのである。

私が中村養護学校の校長のとき、養護学校の校長会で「学区にいて養護学校に通っている子どもとその地域の学校との交流を進めてほしい」という要望を養護教育総合センターに出した。次

の年、通常の学校と養護学校に通う子どもとの交流を進めるようにとの通知が各学校に教育委員会から出された。最初は抵抗のあった学校もあったようだが、今では行事だけの交流から授業の交流に進んでいる学校もある。「無知は偏見を生み、偏見は差別を生む。」……だから、小さいころからの交流が必要なのである。

私はこの3月で教育現場を去る。だから、障害者（児）とその関係者の思いを少しでも知ってほしいと思い、私の体験したことをもとに創作を思い立った。この本が障害者（児）理解に役に立つことを切に願っている。

島本恭介（しまもと　きょうすけ）

昭和42年　　横浜市立都田小学校　教諭
昭和48年　　横浜市立東小学校　教諭
昭和62年　　横浜市立舞岡小学校　教諭
昭和63年　　横浜市立瀬ヶ崎小学校　副校長
平成3年　　横浜市立中村養護学校　校長
平成7年　　横浜市立洋光台第二小学校　校長
平成11年　　横浜市立本牧小学校　校長

昭和57年4月1日～58年3月31日　横浜国立大学研究派遣
平成8年～11年　　市教育委員会総務委員
平成12年、13年　　市社会科研究会会長

命育む学校――子どもに惚れるPART2
発行日　二〇〇三年三月十五日　初版第一刷発行
著　者　島本恭介
発行者　佐相美佐枝
発行所　株式会社てらいんく
〒二一二〇-〇〇〇三　横浜市西区楠町一-三
TEL　〇四五-四一〇-一一七八
FAX　〇四五-四一〇-一一七九
振替　〇〇二五〇-〇-八五四七二
印刷所　ダイトー

ISBN4-925108-16-6 C0037